四只等着喂食的狗

* 张洁 著 *

人民文学出版社

图书在版编目(CIP)数据

四只等着喂食的狗/张洁著.—北京:人民文学出版社,
2009

ISBN 978-7-02-007748-9

Ⅰ.四… Ⅱ.张… Ⅲ.儿童文学－长篇小说－中国－当代 Ⅳ.I287.45

中国版本图书馆 CIP 数据核字(2009)第 192988 号

责任编辑:杨　柳
责任校对:韩志慧
责任印制:张文芳

四只等着喂食的狗

张洁　著

人 民 文 学 出 版 社 出 版
http://www.rw-cn.com
北京市朝内大街 166 号　邮编:100705
北京天来印务有限公司印刷　新华书店经销
字数 165 千字　开本 680×960　毫米 1/16　印张 12.25　插页 12
2010 年 2 月北京第 1 版　2010 年 2 月第 1 次印刷
印数 1—50000
ISBN 978-7-02-007748-9
定价 24.00 元

如有印装质量问题,请与本社图书销售中心调换。电话:01065233595

第 一 章

一

谁能告诉我这是怎么回事?!

好像什么都明白、什么都知道,一天到晚总是告诉我们应该这样做、那样做,或是这不对、那不对的爸爸妈妈,为什么对我们的能力,总是估计过低?

这样的例子比比皆是,先不说经常给我看牙的那位牙医,就说我妈妈。她经常对爸爸说,别看詹姆斯整天瞪着俩眼儿,支棱着两只不算小的招风耳朵,其实他什么也没看见,什么也没听着。

这大概就是他们说到那些不太适合我们知道的话题时,并不十分在意我是否在场的原因。

说到招风耳朵,爸爸的至少比我大出两个号码。可是每当妈妈向爸爸提起我的招风耳朵时,爸爸不但听之任之,有时还跟着哈哈大笑,就像他没长着两只招风耳朵。而妈妈好像从来没看见,爸爸也长着两只招风耳朵;也从来没有拿爸爸那两只招风耳朵说过事儿……

招风耳朵怎么了,看看本届总统奥巴马,他那两只招风耳朵只能比我大,不能比我小,可也没耽误他当总统!

这事儿我就不提了,提起来让人扫兴。

要说也是,别看我坐在人群中,可我常常听不见也看不见他们说了些什么、干了些什么,总是在想自己感兴趣的事,那些事儿绝对比他们说的、干的更有意思。当然也不是永远如此,有那么一会儿,偶尔,我会回过神儿来,听上一耳朵、看上一眼。

如此这般,妈妈并不知道,其实我知道好些照他们看来我不该知道的事儿。

所以我不太想计较她对我的这些诽谤,如果计较起来,至少他们谈话时,对我就得多加小心了。

他们当然不会对我说到,他们是怎么认识、怎么恋爱、怎么结婚的。可我还是从他们或他们和朋友间谈话的只言片语中,得知了每一个孩子都感兴趣的、他们父母的故事。

比如他们的交往,就是从冰球赛场上开始的。

那时妈妈是甲队的球员,爸爸是乙队的球员。别看妈妈是全赛场上唯一的女队员,可是球艺上佳。特点是滑速极快,个子又小,出溜一下,就从球场这头到了球场那头,自由自在地穿行在那些人高马大的男队员的胳肢窝底下,出其不意地就从人家胳肢窝底下,把人家正在运行的球,掏到她的球杆下。

据说那一次,直到第三场比赛的最后四分钟,双方还是一比一僵持,难分胜负。在这最后的关键时刻,甲队有个队员带球进入了乙队后方,第一杆球在乙队守门员的英勇扑救下,没能进球。此时,另一名甲队队员趁乙队守门员扑倒在地、尚未起立之时,又挥起一杆……傻瓜都看得出来,那一杆绝对不会虚发,肯定将比分变为二比一。

可是那名甲队队员却被乙队一名球员绊倒,那枚原本直射球门的球,一歪头儿,就偏离了轨道,眼看到手的一分,被乙队闹飞了。

当时,妈妈的位置就近在门前,她认为那个乙队队员有意犯规,而裁判又没有给予公正的裁判,气愤之中,就势给了身旁一个乙队队员一脚,而那个乙队队员,就是我爸爸。

那时候爸爸还没有成长为一位绅士,而是一名混不论的半大小子,何况是在球场上,正准备还妈妈一脚的时候,裁判的哨子响了,并且把妈妈提溜出了事故现场。如果不是裁判及时的哨子,我想,那一脚肯定会让妈妈在床上躺几天。

如果换了另一个人，恐怕那一脚也就踢上了，管他什么裁判的哨子。可我爸爸在大的方面从来是个守规矩的人，这可能和他的家庭教育有关，我爷爷是当地法院的院长——所以爸爸只能在很小的范围内兴风作浪，成不了大气候。这是我妈妈说的。

据说妈妈经常在冰球赛场上和别人大打出手。所以，妈妈的大名在参加这项运动的半大小子的孩子中，无人不知、无人不晓。

至于她后来竟成长为社交场合的一名淑女，就是我姥姥的本事了。我也不知道，这两种非常难以统一的风格，姥姥是怎么在妈妈身上统一起来的。我妹妹戴安娜种种不搭界的表现，说不定就是从妈妈这儿来的？

妈妈受到五分钟不能上场的惩罚。她看了看表，赛事只剩下三分多钟，即便再踢谁两脚，也没有赢球的可能了，便离开赛场扬长而去……

不知道是不是因为这个，直到现在，爸爸都对冰球保持着高度的热情。

妈妈早就不参加冰球赛了，只是在爸爸比赛的时候，她也不怕冰场上直钻骨头缝的冷气，会从头到尾待在赛场那个"冰盒子"里。说是给爸爸鼓劲儿，可谁也不清楚她到底站在哪一方，毫无明确的立场。不管哪个队攻到对方的门前，她都大喊大叫。比教练更起劲地指挥这个球员或那个球员如何进球。其实谁也听不见她嚷嚷的是什么，就是听见，也不会有人听她的指挥。她算哪一位？！

不论哪方进球，她都吹个刺耳的全场都能听见的口哨……尽管我知道，她和姥姥一样，是个老纽约，可我总觉得她和布什是老乡。

她尖利的口哨和喊叫，就连自己也时不时尖叫不已的戴安娜都受不了。起先，戴安娜也曾进到那个冰盒子里去凑热闹来着，可她受不了妈妈的尖利的口哨和手舞足蹈的样子，无论如何妈妈已经超过四十岁了。她请妈妈安静，妈妈却说："你可以站到

那边去,不必和我站在一起,或是回到观众席上。"

尽管我们待在冰盒子外面的观众席上,听不见她喊些什么,可是看还看不明白吗?

不像我们文学课的老师,她说的每个字我都明白是什么意思,可是那些字凑在一起,我就是听三遍,也听不明白是怎么回事。而爸爸说:"这就是文学!"

至于爸爸的球艺,当年如何,现在又如何,究竟比当年进步多少,我就不便说了,只有妈妈心里清楚。

轮到我参赛,妈妈就没那么热心了。说到底,我们那些比赛,不过是成为一个货真价实的冰球运动员之前的训练,她自然觉得没看头。

而爸爸总是从始至终地参与我所有的赛事:他和我们队员一起进入赛场,郑重其事地站在教练席上,看上去跟真正的教练一模一样,其实他只不过是个自愿的、义务的、辅助教练的辅助教练。

什么是辅助教练的辅助教练?就是专门给队员抱水瓶子、拿擦汗毛巾的,对我们的赛事压根儿没有发言权,但是有拍手叫好权。

可爸爸比较绅士,不愿意在公众场合大喊大叫,只是两眼闪闪发光或是暗淡沮丧,这当然要看我们队赢球还是输球而定。一旦我们队进了球,他那样子真像个返老还童的半大小子,难怪妈妈老对他说:"你以为你还是十六岁呢!"

既然妈妈能在冰球赛场上给没招她没惹她的爸爸一脚,她给我的那些折磨也就不奇怪了,当然你也可以把这叫做锻炼。

我忘了是几岁的时候了,有一阵儿起床之后,我就是不想自己穿衣服,不论妈妈多么忙乱,非让她给我穿不可。如果她不给我穿,我就来个大喘气儿,哭得他们以为我憋死了。

医生却对他们说,没有关系,我的肺活量非常之大,甚至大出一般儿童的两倍。

于是妈妈就把我送进车库,打开车门,塞进汽车,说:"请吧,你在这里可以尽情地哭,想哭多久就哭多久,我决不会打搅你。"那个阶段,如果早上有人找我,我多半都在车库里。

为此我和妈妈较劲儿较了很长一段时间,直到我学会切换电视频道之后,才把大喘气地哭闹,改成看电视了。

就算我继续较劲,我能较得过她吗?

戴安娜穿衣服倒是不需要妈妈的帮助,但是她没完没了倒腾那几件裙子的劲头,让人以为她至少有十间更衣室。

那时候,每天每天,我们不得不为等待戴安娜穿衣服花费许多时间。我经常愁眉苦脸地坐在楼下等他们,不,我是说等戴安娜。

等得我烦死了,只好看电视。其实我并不十分喜欢那个恐龙Barney。但每次打开电视,都是他挺着大肚子在唱:"We are a happy family……"

我敢说没有人不会唱这支歌,也没有人不知道 Barney,甚至我姥姥、姥爷,奶奶、爷爷。

除了他,谁能称得上是历久不衰?打算在这里落地生根的哈利·波特,很快就会对此深有体会。

当 Barney 唱起这支歌的时候,如果妈妈或爸爸那时心情恰巧不错,他们多半会跟着哼哼两句,所以我估计这个节目就像"芝麻街"那样,少说也上演几十年了,也就难怪哈利·波特一登陆,就受到那样的欢迎。新鲜啊!

哼完这支歌,爸爸会说:"可怕的不是经济滑坡,不是股市低迷,而是我们没有了想象力。"

妈妈就问:"你所说的'我们',不会是'我'的泛指吧?"

爸爸说:"难道你分不清二者之间的区别吗?"

听说他们从彼此认识那天起,就这样谈话。

那时戴安娜比我更爱看这个节目。

不过谁也说不准戴安娜真正感兴趣的电视节目是什么。有一天下午,怎么找也找不到她,妈妈吓了一跳,以为她溜出家门,

被人拐跑了。后来发现,她独自坐在客房的沙发上,看电视里播放的冰球赛。那时她只有四岁半,一个四岁半的小女孩儿,几个小时不动地坐在那里看冰球赛,是不是挺酷?

这也许和爸爸爱好冰球有关。

所以我们家的女性,都有踹人一脚的习惯。戴安娜小的时候,时不时就会照爸爸的屁股来上一脚,包括后来加入我们家族的舅妈。

小时候,我们都不愿意洗澡,妈妈只好在澡盆里放上许多玩具作诱饵,而他们也会留在洗澡间帮助我们。

不过直到现在,我们对洗澡也没多大兴趣,不同的只是再不需要在澡盆里放上玩具,才能引诱我们去洗了。

话说回来,洗澡有那么重要吗?当爸爸妈妈"忙"得不能在我们睡觉之前赶回家的时候,我们家的保姆阿丽丝从来不逼我们洗澡(谢天谢地,他们经常"忙"得不能在我们睡觉之前回家)。两三天下来,我也没觉得我或是戴安娜身上有什么不好的气味。

同学们也跟我一样,我还没见过哪个同学,能把洗澡当成吃冰激凌那么乐和的事儿,再说我们也没有因为谁身上有什么味儿,球队就不带他玩儿球,或是老师就让他考试不及格。

那时候,我常常把戴安娜摆在澡盆边上的玩具,碰到澡盆底下去。爸爸只好一边叹气,一边趴在地上,够那些掉在澡盆下的玩具。

这又不是我的错,谁让他们不把玩具放进洗澡间的篮筐里。况且这种情况又不是第一次发生,如果爸爸不嫌到澡盆子底下给戴安娜掏玩具麻烦,我又何必多嘴。

还说我懒!

关于懒惰的事,该说的太多了,有句话怎么说的?有其父必有其子,到了我们家,是有其父母必有其子。

就说我们家去年买的电话机吧,决不亏本。用得那叫一个惨啊!刚用了一年,显示屏上的号码就模糊不清了,来电显示、回拨的功能全都无法执行,顶人家用了好多年。这事儿跟我和爸爸没关系,都是妈妈、戴安娜、阿丽丝没完没了折腾它的结果,加上她们用完之后到处乱扔……

有一次电话机竟然被妈妈扔进了垃圾桶,她说她刚打完电话,修水管子的工人就来敲门,她急着去开门,顺手就把电话机扔进了垃圾桶。

垃圾桶是什么地方?再结实的东西放进去,也得少活几年。

而阿丽丝喜欢在泡澡的时候打电话,就别提电话机也经常跟着她一块泡澡的事了。

何况电话机还是戴安娜的一个"常规武器",她生了我的气,想给我几拳而又撺不上我的时候,就会把手里的电话机,使劲朝我砸过来,她的劲儿可真不算小……

请问,全世界的电话机,有哪一部受过这样的折磨?!

…………

这使爸爸妈妈接听了不少不该接听的电话,也错过了很多应该及时回复的电话。

爸爸说应该买个新电话机,妈妈也说,应该买一台新电话机了。可到现在,恨不得一年过去了,也没见他们谁买个电话机回来。说他们忙吧,不管什么球类运动,都能让爸爸没时没响,玩得天昏地暗。

还有下馆子呢,吃起来也是忘乎所以。

而妈妈,一旦进了商店,也就不再嚷嚷自己多么疲倦、多么忙了。

既然如此,他们怎么就不能抽出几分钟,在小电器的柜台前面站一站?

…………

反正这不关我的事,我跟电话的关系不大。实在不行,还可以跟我的朋友用电脑联络呢。

爸爸趴在地上,尽量放平身体,这样,他的手才能更深地探

入澡盆下面。你想,他那个块头摊开来有多么大!就是这样,他还得吭哧吭哧地折腾好一阵子。

戴安娜照他屁股就是一脚,还说:"大屁股!你这个笨蛋。"

爸爸的屁股并不大,相反,因为很小,经常得到妈妈的赞美。戴安娜之所以这样说,不过是一种发泄。你想想,一个大屁股和一个小屁股,踢哪个更来劲儿?那还用说!

对此,爸爸除了翻眼睛也想不出什么招儿。

你知道戴安娜那一脚有多厉害?看看她穿的那个鞋码!有时她去参加足球比赛,一时又找不到她的球鞋,就穿我近期淘汰的球鞋。

我相信没有哪个年龄和她差不多的女孩儿,能穿她那么大码的鞋。每当她穿上那条紧身裤,外加她那两只脚,看上去活像迪斯尼那只著名的老鼠。

之所以强调"近期",是因为如果不是近期淘汰下来的,不论是鞋还是其他东西,早不知被阿丽丝扔到什么地方去了。

阿丽丝常说,我们家的东西太乱、太多,如果不经常扔掉一些,我们的房子早就被废物掩埋了,尤其是我和戴安娜的房间,她根本就没法整理和打扫。

她怎么拿我和戴安娜比,除了那些奖杯,我还有什么值得一提的东西?

说起来,戴安娜的东西真是不少,每逢她的生日或圣诞节前的好几个星期,她就开始提醒大家,她喜欢什么什么样的礼物。

她特别好意思。

她的特点之一,就是干什么都特别好意思。

就像她"表演"之后,总逼着我们给她献花,尤其她还没上学之前,什么都不是、也没有资格参加任何表演队的时候。

不论白天黑夜,想起来就给我们来一招儿。

更不要说到了晚上,吃完晚饭,我、爸爸、妈妈、阿丽丝,不管我们愿意不愿意,有事没事,先得端坐在沙发上,观看她演过不知多少遍的歌舞。

那真是个备受折磨的事儿啊，简直比踢球还累，不一会儿我就会感到肚子饿，我睡觉之前总是来碗冰激凌，不能说只是因为馋的缘故。

麻烦的是吃完冰激凌，我还得再刷一次牙。不过我该上床了，爸爸妈妈又赶不回来的时候，我对他们的这项要求，基本上是打马虎眼。

然后就让我们给她献花。谁受得了她一天好几次的演出，我们得买多少鲜花给她？

还是妈妈聪明，买了一大把塑料花，随便什么时候都不会凋谢，更主要的是经得起折腾。

戴安娜的房间没有"砰"的一声开裂，真有点奇怪，不但没有裂开，反倒越来越空。因为她那些财产，经常不知哪里去了，如果她问阿丽丝："我那个粉红的手提包哪里去了？"

"哪个粉红的手提包？背的还是手提的？上面有那个小熊图案的还是没有的？"阿丽丝会问个仔细。

可是不论哪个，全都没有了踪影。问到最后，阿丽丝总是说："可能被清洁女工扔了。"

"可能"是什么？按照我总结出来的经验，在我们家，"可能"就是怎么说都行，真要较起真儿来，最后都是没有肯定答案的。难怪这也是爸爸、妈妈，以及大人们爱说的一个词儿。

以实求实地说，戴安娜是个善良的女孩儿，尽管清洁女工"可能"扔了那么多她心爱的东西，她也从来没有质问过，或向清洁女工发过火。不像对我，哪怕沾了她一丁点事，她都又跳、又叫得我不得不堵着耳朵，赶快跑出家门。

不过呢，她更可能是窝里横。

也可能她并不在乎丢了什么，反正在她生日或圣诞节之前，可以再次提醒大家，她喜欢什么什么。

至于妈妈和爸爸，他们只管买，买完之后，那就是戴安娜自己的事儿了，如果戴安娜为了丢失的东西，不停地尖叫，再给她买一个就是，反正他们自己也记不住，他们给戴安娜买过什么。

我的房间里,只不过有太多的各种球赛的奖杯,书架上已经满得不知再往哪里放了。

就是那些著名的世界冠军,恐怕一辈子也得不到这么多的奖杯。可以想象得出,我那些奖杯,都是什么等级的奖杯。不过这话只能我自己说,别人说了我肯定不高兴。

阿丽丝又出馊主意了,说:"你应该淘汰一些,说了归齐,这些奖杯其实都是玩具。"

我回答说:"你记得奶奶说过,要扔掉我那些玩具汽车的事儿吧,当时我说什么来着?'你要是扔掉我的汽车,我就给警察打电话!'"

于是,那些奖杯照旧拥挤在我的书架上。

每天放学回家,首先听到的就是阿丽丝的抱怨,为了整理我的房间,她不得不起早贪黑,等等等等。而我就像妈妈说的那样,很多时候,人们就是对着我的耳朵嚷嚷,我也是一个听不着、看不见,为此阿丽丝说我不重视她。

书架上的灰尘越积越厚的情况,实在怨不得阿丽丝,谁有耐心天天挪动、揩拭那些奖杯?就是我自己,也只管往上摞,自从摆上去之后,也就再也没动过它们,哪怕是欣赏它们。许多奖杯,我都忘了是在垒球、还是冰球、还是篮球赛上得到的……也许阿丽丝说的没错,那些奖杯其实都是玩具,只不过这些玩具能给我以鼓励。

好在妈妈从来不往我的书架上看,她没有时间。也许她根本就知道,那里的灰尘有多厚,可有那指指点点阿丽丝的时间,她还想省下来睡觉,或是去商店购物呢。

二

我们家的女人,从奶奶、姥姥、妈妈到戴安娜,包括后来的舅妈,甚至保姆阿丽丝,个个都很有特色。

男人则不同,爷爷、爸爸,以及我,都算不了什么,除了舅舅和姥爷。

我舅舅倒不像我这样"生动"——这是妈妈的词儿,他只是想象力特别丰富——这也是妈妈的词儿。

我开始不明白什么是想象力丰富,后来,当舅舅把妈妈称作我们家的"警察"时,我还真觉得有那么点意思了。

他还建议说,如果有一天,妈妈不想干律师这一行了,顶好去当警官,不论从理论到实践,她都具备一个警官的潜质。

反正我们小的时候,只要不听话,尤其在汽车上互相掐架、嚷嚷得妈妈什么也听不见,或不系安全带等等,妈妈就说去找警察,好像警察是她们律师事务所的同事。有一次戴安娜的尖叫和我的前后滚翻合起来发作,可真要把汽车掀翻了。戴安娜的鼻子还流了血,也不知道是在哪儿撞的,还是我的胳膊肘碰的。

恰好路边停着一辆警车,妈妈真把汽车停下,走到警车那里,嘀嘀咕咕地不知和警察说了些什么,然后警察就过来了。

当我看着警察一步一步朝我们走来的时候,真有点傻了。

他板着脸,轮番看着我和戴安娜,我和戴安娜立刻蔫了,她喷涌的鼻血也立马止住了。

然后那位警察对我们说:"请不要在汽车上打闹,影响司机的驾驶。如果影响司机的驾驶,出了事故,你们就得跟我到警察局去了。再有,不系安全带也是违法的,知道吗?"

我还以为他会对我们说:"背过脸去,把手放在头上!"好在没有。

从那以后,我和戴安娜再不用妈妈督促,自己就系上了安全带,也不在车上掐架了。

我们在汽车上的时间怎么那么多!好像我们的业余时间全用在汽车上了。每到夏天的周末,我就奔波在各种各样的球场上,爸爸是我的专用司机,而戴安娜就奔波在各种各样的钢琴、芭蕾舞等等学习班上,妈妈是她的专用司机。

阿丽丝周末当然休息,每当她看到爸爸妈妈载着我们,匆匆

忙忙奔往这里或那里的时候,总是笑得特别甜蜜。

爸爸喜欢什么球类运动,就给我和戴安娜安排了什么球类运动。有那么两次我实在太累,想要在家休息休息,问妈妈可不可以,她说:"这个问题你得和爸爸谈。"

我叹了一口气,我知道,和爸爸谈,一点结果也不会有,我还是得到球场上去。

阿丽丝说:"去不去练球真的不重要,这是游戏又不是上课。"

我觉得她说得很对,可是爸爸说:"是这么回事。不过看看你的考试成绩,哪一门比球赛好?"

说到考试成绩,我当然没词儿了。不过他这样说,也不全面,如果我高兴,只要注意那么一点点,谁的成绩也比不上我,可谁让我经常处在没有"注意一点点"的状态?

再说,考试成绩能说明什么呢?平时我对某些问题的解答、思考,比如电视上的一些智力测验,他们哪位回答得比我敏捷、正确?可不论老师还是爸爸妈妈,都认为考试成绩才是正儿八经的事儿。

戴安娜倒是没有对爸爸给她安排如此频繁的球类运动发出过怨言,在球场上也跑得比谁都快,可从来不见她接招儿,哪怕那个球离她只有一腿远,她也不伸腿。难怪教练只让她踢后卫,所谓踢后卫,不过跟着跑而已,没有人指望她在球场上有什么贡献。

为此爸爸没少和她谈话,她拼命点头,就像她非常同意爸爸的意见,可是一到球场上,照旧不伸腿。你能指望,对美食、时尚穿戴看得比什么都重的戴安娜,对球赛真有兴趣吗?

这是我都能明白的事,爸爸为什么就不明白。还一而再、再而三地和戴安娜谈个没完。

奶奶说:"其实父母极力煽动孩子们去做的事,大多是为了他们自己没有实现的梦想。"

爷爷很不以为然的样子,他本人就是个橄榄球迷,也不只是橄榄球，应该说是各种球类运动。不过这正应了奶奶的话对不对？

或许爸爸对球类运动的爱好，就是爷爷煽动的结果，而爸爸没能完成爷爷的梦想，就让我们接着干。

爸爸听了之后，一脸的糊子。

我知道，戴安娜只是不想和爸爸理论而已，她在这方面比我油，知道和大人们理论，是理论不出结果的，他们只要撂给我们一句"因为我这么说"，我们就没词儿了，不，我的意思是说，就是有词儿，也等于没词儿。

我相信，每个孩子，只要想和父母理论理论，并问他们一个为什么的时候，父母们最经典、权威的回答就是："因为我这么说。"

只有在古代，国王才能"因为我这么说"，然后不管对不对，人们都得按着国王说的去做。现在都什么时候了，可我和戴安娜还像是生活在古代。

我问爸爸："为什么你和妈妈说了'因为我这么说'，我们就得照着办？"

他说："没有为什么，这是家庭的法律。"

现在什么案子不是双方律师平等答辩？我对爸爸这条不允许对方反驳的法律，非常不理解，便去问当过法院院长的爷爷，有没有这条法律，他想了很久才回答我："没有。"

按理说，所有的法院院长和律师，对重要的、耳熟能详的法律条文，都应该烂熟于心。他用得着想一想才能说出来"没有"吗？

可他接着说："因为很多事小孩子还不懂，分不清是非，又没有控制自己的能力，所以大人必须帮助他们。如果孩子们不听大人的话，很可能会出大错，以致影响他们的一生……"

这种解释听上去就像超市里九毛九一个、什么滋味也没有的大白面包。那种面包吃了以后当然不会再饿，可是一点印象也没有。哪里像妈妈在纽约中央火车站给我买的橄榄面包！

为此，说不定我将来得学法律，当律师。妈妈说："走着瞧吧，你已经换过不知多少'职业'了。"

不论妈妈怎样揭我的老底，反正今后我要学着拿法律说事了。

所以有天我们出门，汽车都开出去一百米了，爸爸扭头一看，前门浇院子的水龙头还没关，他让我下车，帮他去关上水龙头。我说："这不是我买的房子，我对它没有责任。"

爸爸也没词儿了。

三

戴安娜刚刚学会打电话的时候，一早起来，就轮番给她想得起来的人打电话，当然，直到现在她还保持着这个爱好。

如果戴安娜给妈妈打电话，又恰恰是妈妈刚刚到达律师事务所的时候，比如说九点多一点，妈妈一定是在厕所里接听她的手机，或是正在享用她在家里没来得及享用的早餐……上班好像倒成了她的副业。所以她和爸爸不一样，比如，爸爸对我们打扰了他的如厕，那样地不满。

换了爸爸，可就没有妈妈这样的机动灵活。

我可不像他们那样，动不动就揭别人的老底儿。我并不愿意老提爸爸读书时，是个 C 等生的往事——这当然是在我瞪着俩眼儿，看似什么也听不见、看不见的情况下，妈妈就肆无忌惮、大嘴一张时听来的——可是爸爸所有的行为，都不能不让我想起，这不能说是往事的往事，因为 C 等生的种种表现，至今也没有从他身上完全消失。

记得我和戴安娜入学前的那一阵，妈妈常常挂在嘴上的话就是："嘿，时间过得可真快，转眼之间，你们就要上学了。"还捎带一个刺耳的口哨。

她这是为我们终于长大、上学而自豪,还是高兴一天之中,至少有那么几个小时,我们不在她眼前晃悠了?

我从没见过有谁的口哨吹得像她那么响,简直赶得上一个牛仔。当她吹起口哨的时候,你就瞧爸爸那副崇拜的模样吧。

要说她这是高兴我们一天之中,至少有那么几个小时,不在他们眼前晃悠,我也理解。

有时,我的确可怜妈妈。

冬天,太冷的时候,我和戴安娜无论如何不愿意站在冷风里等着坐校车,而保姆阿丽丝还在呼呼大睡。

难怪奶奶说:"我真羡慕阿丽丝,我怎么就没有这样一份工作。"

别价,还是由阿丽丝来照顾我们吧,如果让奶奶来做这份工作,我和戴安娜可能都得被诊断为多动症,并送到医院进行那个什么治疗。

妈妈既要赶着上班,还要给我们做早餐,然后还得送我们去学校。即便不是冬天,我们可以坐校车了,妈妈也得为我们做早饭,所以我们的早餐是老一套,没什么新鲜玩意儿。

要是我说不喜欢水果摊饼,想吃煎咸肉条的时候,妈妈就说:"对不起,这儿不是饭店。"

如果我们的摊饼经常是糊的,也纯属正常,因为她的眼睛既要看着炉子,手里还要准备上班带的东西:笔记本电脑、她的午饭,还有诉状资料等等。

如果你看见她的睡裤上经常粘着巧克力,就像她拉肚子或是上厕所没擦干净屁股,也不要大惊小怪。不过这也说明我们的餐椅从来没有干净过。戴安娜说,那是因为我的嘴吃饭像漏斗,而我说是因为她吃饭的时候,喜欢甩动手里的勺子。

"快点儿,快点儿。"这是我们家早上使用频率最高的字眼儿。

怪不得我常常觉得胃不舒服，都是早饭吃得太匆忙的缘故。

妈妈说："谁让你老赖在床上不起来，早上的时间是有限的，你在床上多赖一分钟，其他时间就得缩减一分钟，这个数学题你在一年级的时候就学过了，是不是？"

别拉扯数学题，这跟数学题可没关系。

凡是"警察"说的，能不对吗？

"早上的时间是有限的"！我在床上多赖一分钟，其他时间就得缩减一分钟，所以我不是忘了课本就是忘了作业本，或是足球鞋、打橄榄球用的护牙套……尤其是护牙套，特别不好找。

"我不是让你昨天晚上就把一切都准备好，并且检查一遍吗？"这套话，也是我每天离家之前必听无疑的。然后就是一通乱找，找的结果，是我不得不丢三落四地去上学。

关于丢三落四的话题，在我们家也是非常有得可说的话题，不过缓缓，等我回头再说。

我刚穿好夹克，就听见妈妈喊道："下一个！"

所以有段时间，如果你听见我把戴安娜叫"下一个"，实在怪不了我。

再不就是我们临街的树死了，妈妈得请求我们这个小镇的市政府，批准我们砍伐这棵已经死去的树。

或是家里的锅炉漏水，不得不买一台新的，而安装工人这一天有时间，妈妈又没有时间候在家里，或是妈妈那一天有时间，安装工人又预约了别家的活儿等等。

或是几天暴雨之后，不知房子哪个地方漏雨，地下室里的积水就像小池塘，妈妈又得联系房产保险公司，赔偿我们的损失。

我们的玩具捎带也都泡了汤，我提出保险公司也应该赔偿我们的玩具。妈妈说："对不起，我没有为你们的玩具保险。"

我说："这不公平。"

妈妈说："不是公平不公平的问题，而是没有为玩具保险的保险公司……也许你又可以换个'职业'，将来开一家为玩具保

招风耳朵怎么了，看看本届总统奥巴马，他那两只招风耳朵只能比我大，不能比我小，可也没耽误他当总统！（p.001）

险的保险公司？"

她是不是又在忽悠我？于是我去咨询爷爷，爷爷说："按理说，你的玩具，应该包括在财产之内。不过首先应该看看保险合同，有关玩具一项，是否已经写在合同上。"

我估计妈妈根本就没有把玩具写进合同，不然她不会不为我惋惜，反而高兴地说："啊，上帝，这些东西终于可以丢进垃圾箱了。"

"上帝"是妈妈经常挂在嘴上的词儿，只有在这种时候，我觉得她对上帝的崇拜才是真心实意的。

…………

当这一切处理完毕，妈妈以为可以松口气的时候，我又摔断了腿。

所以她总是两眼上翻，双手抱在胸前，说："上帝啊，请给我一个明确的结尾。"

爸爸说："什么叫'生活'？这就是生活。"

每天下班回家，爸爸看看逼着我们做家庭作业的妈妈，总是说："甜心，照顾两个孩子真是很辛苦。"

"照顾孩子"是家长们永不枯竭的话题，每逢谈起这个题目，他们就像谈起地狱。

他放下公文包，打开冰箱，拿出一瓶爱尔兰黑啤酒，边喝边在每间屋子里晃上两圈，然后对妈妈说："亲爱的，我能为你做些什么吗？"

妈妈总是回答说："请问，哪一件事情是我的？"

爸爸就豁达地笑笑，然后拿起他的吉他，弹唱起来。

妈妈就说："我想我有三个孩子。"

爸爸说："应该说，我有三个孩子。"

当然我也比较可怜爸爸，每到周末，就是他干苦力活儿的日子：比如剪草，尤其夏天，几天不剪，草就长疯了；比如做那些笨重的家务，比如给掉漆的门窗刷上新漆……他说他不是没钱请

工人来做,而是要给我一个榜样:如何做一家之主。

从这些方面来看,我并不那么愿意长大,也不想当一家之主。爸爸笑着说:"等你过了三十五岁再说这些话也不晚。"

既然如此,为什么一到剪草的时候,他就不再提议,我们应该买个院子更大的房子了?

他们还总是说我,老在问"为什么"。我有那么多不明白的事,我能不问吗?

爸爸就不问"为什么"了?他常常瞪着一双莫名其妙的眼睛问大家:"为什么我总是那么累?"

就像妈妈总在恳求:"上帝啊,请给我一个明确的结尾。"

而且他经常挂在嘴上的这个"为什么",照我来看,根本谁也用不着问,问他自己就行了。

周末早上,最后一位起床的肯定是爸爸。

当他不戴眼镜、头发支棱着并发出这样的疑问时,他那双高度近视的眼睛,显得特别无辜,十分让人同情,这与他上班时的形象,真有天渊之别。

有年圣诞节前,他带我去他们公司,参加了一个由他主持的party。那是我第一次看见他在正式场合的表现,否则,我一直以为他就是这副十分让人同情的样子。

你可以想象,一个身高一米九十的小屁股男人,身着燕尾服是什么样子。像不像维也纳新年舞会上那些交谊舞演员?他听了我的比喻之后,一脸失落,说:"对不起,我不认为这是对我的赞美。"

换了我舅舅,不要说燕尾服,就是无尾礼服,他穿上之后,也像一只青蛙,一只有个大白肚子、仰面朝天晒太阳的青蛙。

千万别告诉我舅舅!

我想我能回答爸爸为什么他总是那么累。远的不说,就说说上周,下班之后,他都干了什么。

星期一晚上，他本来有一个商务方面的饭局，饭局结束回到家里已经十点多钟，可他照例收看电视里播放的冰球赛。眼下正是冰球冠军赛的赛季，那种节目，就像妈妈烤感恩节的火鸡，至少得烤上四五个小时，如果那只鸡再大一点的话，所费的时间就更难说了。

星期二晚上，按照爸爸制定的日程表，是他和妈妈讨论家庭建设，或结算家庭开支的时间。

因为意见分歧——我真不记得他们什么时候没有过分歧——耗费的时间，也和烘烤那只感恩节的火鸡差不多，却照例没有结果，他们说，下个星期二接着讨论。

所以妈妈每次在家政讨论会上，都会问那个老问题："我该不是在参加欧盟会议吧？"

即便由爸爸负责审理家庭开支的账单，工作量比较大，可是一个月才一次，对不对？

在这个星期二的家庭预算会上，爸爸还提出："两个孩子都长大了，你觉得我们还有必要用一个全职保姆吗？是不是改用钟点保姆，我大致算了一算，这样可以节省很大一笔开销。"

妈妈挑了挑眉毛，说："是不是这样，走着瞧吧。"

可不，紧接着爸爸就参加了一个什么俱乐部，年会费为七万五千元，还不算每个月应付俱乐部的其他费用。

顺便说一句，爸爸是许多俱乐部的成员。他的兴趣非常广泛，并且属于确实能玩出点儿名堂，而名堂又不大的那一类。

星期三晚上，通常是爸爸那个冰球队的活动时间，或是练习或是比赛。不过他们那个队很少赢球，我甚至觉得这正是妈妈期待的，当然，这是我的猜想，不过这个猜想八九不离十。因为凡是爸爸那个球队有赛事的当天，她的情绪都非常好，表现在不大容易违反交通规则；不大容易忽略我和戴安娜的需要；下班回家的路上，肯定会拐到坐落在河边的那家法国糕饼店去买甜点……虽然爸爸从球场回来时，我们都已入睡，但他总会在厨房的台面上，找到那些来自法国糕饼店的点心。好像妈妈早就料到爸爸那

个球队会输,这些甜点,可不就是对爸爸的一点……什么? 我也猜不出来。

俱乐部为什么把爸爸他们那个球队,放在这样一个时间段? 据说他们那个球队太烂了,好的时间段,自然给了那些更专业的爱好者。

第二天,爸爸有些不好意思地提到前夜的赛事,并斩钉截铁地说:"看吧,下一次我们肯定会踢他们的屁股。"

妈妈总是笑眯眯地说:"甜心,你以为你还是十六岁呢!"

爸爸那个冰球队的赛况,十分影响我的创作。

我喜欢绘画,奶奶常说我有绘画方面的天才。

对我刚刚完成的那幅自画像,妈妈的评价是:"亲爱的,你那副样子看上去很忧郁。"

"那是因为爸爸的球队又输了。"

"可你爸爸那个球队不是每周都有赛事,对不对?"

而对我画的那张全家福,你猜她怎么说? 她说:"嗯,不错,非常不错,看上去真像四只等着喂食儿的狗。"

星期四晚上,爸爸和妈妈看电影回来已经十点多,接着又看什么球赛,可他们却限制我和戴安娜看电视的时间,还有某些电视频道。

当然,妈妈对那些频道的控制,有她特殊的办法,而不是像有些家长那样,把电视遥控器藏在小孩子们找不到的地方。

我忘了为什么,有一天我没能按时上学,想必是闹脾气了,因为妈妈对阿丽丝说:"不必开车送詹姆斯,让他自己想想,如何打发这一天。"

整整一天没人玩儿,想打乒乓球吧,也没人和我打。我问阿丽丝:"你愿意和我打乒乓球吗?"

阿丽丝巴不得妈妈给了她那个指令,说:"对不起,我不想。"然后接着打她的电话。

看电视吧,也没什么可看,我最喜欢的探案节目上午是不播放的,而某些有趣的频道,他们认为对我没有用,停止了付款。

这都是妈妈的主意,一般来说,这种馊主意都来自她的脑袋。

当初电视频道的推销员问过妈妈,打算买什么、买几个电视频道,妈妈问:"有最便宜的吗?"

"最便宜的"是什么意思?

"最便宜的"就是除了球赛、新闻和看了几十年的卡通,什么都没有的频道。如果不是爸爸离不了球赛频道,恐怕妈妈还能找到更便宜的。

说来说去,这是他们想出来的,对我的另一种惩罚。

我明白了,还是去学校好。

在我们家,什么都是两套标准,何止是限制我们看电视的频道、时间。好比说,明目张胆地拿起我的东西就吃,反过来说,如果我们拿起他们的东西就吃,他们就会挺正经地说:"这不礼貌,很不礼貌。"

我去地下室拿什么东西那一会儿工夫,爸爸就吃了我的面包,那是妈妈从纽约中央火车站的面包专卖店买来的,意大利橄榄面包,不但里面加有橄榄干,而且里面揉的也是橄榄油而不是黄油,相当适合我的口味。

我对他说:"嘿,那是我的面包。"

他说:"那又怎么样?"

我伸手去夺,可是他把手举了起来。我围着他转了又转、跳了又跳,怎么也够不着我的面包。

面对一个身高一米九十的人,除了无奈、绝望地重复"那是我的面包",我还能做什么?!

姥姥同样侵吞我们的食物。

我和戴安娜在万圣节挨门挨户要来的糖果,每次足有两大袋。我明明记得睡觉之前,我们把糖果袋子放在了客厅的沙发上,第二天起来,连袋子带糖果全没了。

问他们我们的糖果袋子哪里去了,他们总是回答:"不知道。"或是说："你们对牙科医生印象如何？"

前几年，我还心有不甘地到处寻找我们的糖果袋子，现在我再也不会花时间去寻找它们了。戴安娜却还坚持着，楼上楼下地寻找，可我不愿意多跟她废话，在吃的问题上，她非常执着。

如今他们那些猫儿腻，再也糊弄不了我了。万圣节后，姥姥和姥爷通常会在我们家多待几天，那几天，从姥姥嘴里总会冒出一股奶油花生糖的气味。

人们在万圣节散发给孩子们的糖果，一般都是物美价廉的奶油花生糖，有谁见过在万圣节散发 Gdava 巧克力的？

尤其在姥姥吹奏萨克斯管的时候，这股味道就更为强烈。

姥姥之所以这样热爱萨克斯管，是因为我们隔壁的邻居杰夫称赞过她的吹奏："不错，相当不错。"

在我看来，杰夫对姥姥的赞扬，跟妈妈、爸爸对我和戴安娜的那些赞扬差不多。那年，当戴安娜终于学会坐在马桶上方便，而不在纸尿裤上拉屎撒尿的时候，妈妈就总是这样赞扬她："我真不能相信这个，戴安娜你真是太了不起、太出色了！"

想当初姥姥肯定也这样赞美过妈妈，姥姥是不是忘了？

我姥爷经常为杰夫家的钢琴调音，妈妈说，她不知道是不是这个原因，杰夫就"吹捧"姥姥。

杰夫还向他许多音乐界的朋友，推荐姥爷为他们的钢琴调音，杰夫这样评价姥爷的工作，说："这是一个天生和音质有关系的人。"

杰夫是谁？杰夫是萨克斯管演奏家，世界排名第五。

我们这条街，真可以说是藏龙卧虎之地，比如街头那一家的约翰，就是纽约市那个 number one 厨子，他的儿子艾克斯就是我的老相识，我们从小一起在这条街上长大。

如果我们去纽约那个饭馆，约翰肯定亲自为我们下厨，闹得厨房里的人都出来看，这些客人是谁，竟能得到约翰这样的盛情招待？

受到世界排名第五的赞扬，姥姥能不更加热烈地吹奏她的萨克斯管吗？

所以我不大相信五官科医生的话。我的耳朵其实没有什么问题，因为只要姥姥一走，我的听力立马恢复正常。

周五爸爸妈妈参加 party 回家，已经午夜两点多了。

阿丽丝的车灯却亮着，深更半夜的，难道阿丽丝还打算出去吗？

走近一看，是两个少年在车里面翻东翻西。他们问道："嘿，发生了什么事？"

两个少年回答说："没什么。"然后打开车门，骑上他们放在树下的自行车就走了。

爸爸问妈妈："你认识他们吗？"

妈妈说："难道不是你的朋友吗？"

爸爸的朋友非常之多，走在我们这个小镇的街上，不时会有人招呼他："嘿，汤姆！"或是停下来对他说点什么。他和人家聊得十分热乎，可是据我看来，他根本拿不准自己认识还是不认识人家。

我估计跟他打招呼的那些人，要么是他那些俱乐部中的一个成员，要么是我们的街坊。

街坊们肯定没有不认识他的。

每当万圣节来临，街区为孩子们设置的那些游戏项目，还不够他和吉姆玩的。

尤其是那个篮球筐，几乎被他们两人包了圆。每进一个球，他们两人就大呼小叫，闹得整条街或是几条街都能听见，你想，街坊们谁能不认识他呢。

"……也许是阿丽丝的朋友？"

阿丽丝非常肯定地说："是小偷。"

爸爸说："不可能，我们这个区从来没有发生过盗窃案。"

对于爸爸的话，阿丽丝的反应有些像妈妈，马上给 911 打了电话。

警察很快就来了。

我当然被惊醒了。

可以想见我是多么的兴奋。长大之后当警察是我的理想之一，不过当个卡车司机也不错，各种品牌、型号的玩具汽车我有一百辆之多，地下室里全是我的汽车，从前我还准备将它们收藏起来，将来开个私人博物馆什么的。

奶奶不只一次说："你的汽车太多了，我准备把它们扔掉一些。"

"奶奶，对不起，您要是扔我的汽车，我就给警察打电话。"

不是吓唬人，三岁的时候，我就会拨打911。其实什么事也没有，我就是试一试，看看911是不是像人们说的那么管事。

警察马上就来了，看看我们家风平浪静的样子，便问爸爸："请问发生了什么事，有什么需要帮助的？"

爸爸说："我倒要请教你们，到底发生了什么事呢。"

警察出示了911总机的接听记录，爸爸大手一摊，张大眼睛对我说："我真不能相信这个。"

有什么不能相信的？他们不能相信的东西太多。

听了我的回答，奶奶看着我的那副样子，就像看电影里的那匹恐龙，从此不再对我的汽车说三道四。

要是爷爷，肯定不会有这个想法，爷爷是法院院长，他当然知道，什么该管，什么不该管。

现在还有什么好说的，地下室的一场漏雨，把我和戴安娜的玩具，全泡了汤，最后让妈妈称心如意地送进了垃圾桶。

好在我们已经长大许多，对那些玩具早就没有兴趣了。我甚至没有为此感到伤心，记得从前，如果某个心爱的玩具找不到了，我张嘴就嚎啕大哭。

难道最后，我们都得这样无动于衷地扔掉我们曾经心爱的东西吗……想到这里，心里有点说不出的味道。

警察请阿丽丝仔细查看一下汽车里的东西，阿丽丝说："没有必要，谁会把重要东西放在汽车里？"

"那你为什么报警？"

"难道出了这样的事，我不应该报警吗？"

警察当然不能说阿丽丝不应该报警，但他坚持阿丽丝必须查看一下汽车里面的东西，以确认是否丢失了什么。

阿丽丝只好去查看汽车里的东西，然后说："不过丢了几个'两毛五'钢镚儿，是我准备用来付过路费的。"

之后警察又拿出一张表格，十分得意地对阿丽丝说："请填写一下这张表格，表格的内容是我们必须了解掌握的。"

"早知这样麻烦，真不该报警了。"也许阿丽丝有点明白，多嘴是要付出代价的。在我们家，从没人对她喜欢多嘴说过什么，警察可就不论了，所以没事顶好不要惹警察。

我兴奋地从床上爬起来，跟在警察后面，在后院的树丛里以及房前屋后转来转去。爸爸大声吼道："有你什么事？赶快回去睡觉！"

这是周末，明天又不上学，睡多睡少有什么关系？所以我给他来了个听不见。

我比警察更加失望的是，什么可疑的迹象也没有发现。

警察还打算上露台上看一看，妈妈说："时间不早了，就这样吧。我估计他们不过是找点零钱买烟抽。"

第二天，警探又到我家来了，再次调查事件的始末。我认识这个警探，他是同学威廉的爸爸，也是我们镇上唯一的警探。他把头天晚上警察转过的地方又转了一遍，又请妈妈填写了一些表格。

妈妈说："我并没有报警也没有丢失什么。"

"对不起，我在执行公务。而且汽车是你名下的。"警探说。

"虽然是我名下的汽车，但那是给阿丽丝专用的。"

"对不起，给谁用我们不管，出了事我们只找车主。"

不论我的爸爸邦达先生，还是我的妈妈邦达太太，还有阿丽丝，很快就忘了这件事，只有我兴奋地盼望着有个结果。

但是没有结果。

我们这个小镇上发生的侦查案，大部分都是没有结果这个结果。

是不是因为威廉爸爸的眼睛有点斜视的缘故，用那样的眼睛看东西，肯定和一般人看东西的效果不同。

可是镇上的人，没有一个这样想过：我们是不是需要换个警探。

星期六晚上，爸爸照例打网球打到十二点多才回家，星期日一大早，六点多钟他就起来去打高尔夫了，结果闪了腰。疼得他不得不在后腰上别了两个小冰袋，就像西部牛仔后腰上别的两支枪。星期一据说他还要去打冰球，我想他会取消这个活动，妈妈笑眯眯地说："走着瞧。"

…………

这就是他一周的业余时间活动表，也可以说这是他每周业余时间的活动表。我要是问他："那你什么时候睡觉呢？"

爸爸说："等我死了再睡也来得及，现在还是先享受生活。"

"那你为什么还要不停地喊累呢？"

爸爸瞪了我一眼。

…………

综上所述，一到周末，如果没有 party，如果不去打高尔夫球、滑雪、游泳等等，我看爸爸就不知道怎么过日子，总而言之是在家待不住。

要不就趁送我到朋友家去玩的时候，他自己也就不请自到地坐在人家家里不走了，一直混到吃晚饭的时候。

一般来说，我朋友的父母，自然和爸爸妈妈也是朋友，或彼此认识。

实在没有地方可去，他就自制啤酒……制作啤酒的那套工具，是妈妈送给他的圣诞礼物，她似乎很后悔，送了爸爸这么一个大玩具。其实她也不必要后悔，爸爸就是没有这个大玩具，肯定也会给自己找到另外一个玩具。

"没有一点自制能力。"此话妈妈常用来形容我和戴安娜，我看用到爸爸头上也不错。

其实我可不像爸爸那么爱玩儿。一旦有本《探索》或是《世界地理》，可以几个小时不动窝，只不过他们谁也看不到这一点就是了。

我也不知道他们为什么看不到这一点，每逢我看书的时候，就像成了隐形人。不过我心知肚明，这绝对可以说明，奶奶对我的看法很不靠谱。

我肯定不是问题儿童，我也没有多动症，真不明白，为什么他们那么容易给人下结论。

虽说我有时弄坏水龙头、撅断窗户上的把手、捉弄戴安娜、拔掉电器上的插头、弄断古董家具的胳膊腿儿等等。

但由于妈妈对我戒备有加，实际上我也破坏不了什么。

她虽不像爸爸那样喜欢参加各种各样的俱乐部，但特别爱好古董。我们地下室的一间屋子里，锁的就是她那几件古董家具。那次地下室漏雨，着实让保险公司损失了一大笔，下次他们再给什么人保险的时候，顶好看看那家人是否有收藏古董的爱好。

所以客厅里，除了沙发和几个胳膊腿儿粗壮的茶几，什么也没有。那种茶几，结实得可以在上面跳踢踏舞。

如果没有客人来访，家具上从来不放任何东西，不论日用的或装饰用的……

奶奶因此说我可能是问题儿童，或是得了"妥瑞氏症"。奶奶说，这种病一八八五年由一名叫做妥瑞的法国人发现。

一旦说起法国，四平八稳的奶奶就显出少有的兴奋，她最崇拜的就是法国，连日常用的肥皂都得买法国货。

据说有这种病症的儿童，大多是不自主地眨眼、耸肩、出怪声、咳嗽、注意力不集中、讲脏话等等。照这么说，戴安娜才应该是问题儿童。

一打开作业本，她就不是她了，发出各种古怪的恶声；找个

原因,不知真假地就大哭起来……原因其实是有的,就是她压根儿不明白,或是做不出来家庭作业;她那张脸,也立马变得像是老了二十多岁……

只要一合上作业本,她马上笑逐颜开。我真怀疑,刚才那个号啕大哭、恶声恶气的女孩儿是不是她。如果这时妈妈再拿出一件新衣服给她,那么,相信我们周围,再也找不到一张像她那样光芒万丈的脸了。

奶奶又说经耶鲁大学研究发现,"妥瑞氏症"患者可能因 B 型淋巴球缺陷,一旦发生链球菌感染,血液中攻击大脑基底核的自体免疫抗体含量就会增加,妥瑞氏症患者在精神细胞遭到破坏后,就会出现不自主的行为。

她建议妈妈给我试一试洗血疗法,或是免疫球蛋白注射治疗,疗效可达六成到八成,至于这种治疗对我一生是否有效,她也说不清楚。

如果不能确定对我一生是否有效,为什么还要让我试试洗血疗法,这是一个负责的建议吗?

于是妈妈带我去看心理医生。医生说我这些行为表现,在心理精神医学上,被称为"儿童行为问题",是指行为偏离正常儿童的规范,并且在表现程度和持续时间方面,超过一般儿童所允许的范围。

医生安慰妈妈说,通过家人、学校和心理专业人员的合作,是可以协助我纠正改进的。但要努力防范我成长后,发展为反社会人格,造成更为严重的暴力或违法行为。

"为什么会这样?"妈妈问。

"原因是多方面的。通常被认为与成长环境、不良人际接触交往、家庭教育方式、遗传因素、大脑疾病等原因有关,或与早年出现和持续发展的小儿多动症的心理障碍有关……"

从此妈妈经常不显山、不露水地,对爸爸进行智力测试,而奶奶立刻把她一直掩盖着的、对阿丽丝的不满表现出来。

阿丽丝特酷，谁也拿她没辙，包括动不动就给我们来个治疗方案的奶奶。

我早就看出来了，奶奶不十分喜欢阿丽丝，奶奶曾说："生活在孩子周边所有的人，对他们的成长都会发生影响，不仅仅是父母。"

而爷爷说："那是汤姆他们自己的事，我们没有权力过问。"也许因为爷爷是法官，懂得什么事儿都不要介入，离得越远越好。

爷爷是他们那个小城的首席法官，正当他办理退休手续的时候，爸爸就因为去看望爷爷和奶奶，在那个小城开快车，被警察拦截并罚款。

奶奶说："因为爷爷是首席法官，每个人的眼睛都盯着法官家的一举一动，你爸爸憋了几十年，如今爷爷退休，他终于可以放肆一下了。"

据我所知，爸爸也不是如今才逮着放肆的机会，爷爷一退休，那个小城的人，纷纷举报爸爸早年的败行劣迹。

比如十二岁那年，他还没正式学过开车，就敢开着爷爷的汽车，载着几个男孩儿，在自家门前的林荫道上显摆。

我的问题是，那时候，也就是我爷爷还在位的时候，为什么没有一个邻居向爷爷或奶奶举报他们的儿子？

他还趁爷爷奶奶出去旅行的时候，在家开 party、喝酒、打牌，满桌子扔的都是啤酒瓶子，顺便说一句，至今黑啤酒还是爸爸的爱好之一，因为爷爷是黑啤酒的爱好者。如果爸爸在爷爷的储藏室，能找到其他口味的啤酒，他对啤酒的爱好可能就不一样了。

结果爷爷和奶奶提前回来，把他们一个个都撵了出去。很长时间，爷爷和奶奶都没发现，他们储存了多年、二百多块钱一瓶的葡萄酒，已经变成了水。原来都被爸爸、叔叔和那些男孩子喝光，然后又灌满了水。

奶奶看着酒瓶上被他们重又粘贴得像是从未撕开过的商

标,还说:"手艺真不错。"

这样说来,我的品行可比爸爸好多了。

可奶奶说过爸爸是"问题儿童"吗?

奶奶十分喜欢介入各种人事,这也许和她的职业有关,总体上来说,她对琢磨人充满了兴趣。

其实奶奶有点多虑了,我和戴安娜既不酗酒、也不撒谎。再说,奶奶所说的"妥瑞氏症"的种种表现,阿丽丝可都没有。

除了爱喝酒,阿丽丝也没有什么特别不妥之处。她的专用汽车里,常常扔着空酒瓶子,以前妈妈总是替她清理汽车,扔掉那些酒瓶子。现在妈妈不替阿丽丝扔了,而是把这些空酒瓶子放进阿丽丝的卧室,这样阿丽丝就能明白,扔掉她的空酒瓶子,是她的事而不是妈妈的工作。同时,奶奶也就对阿丽丝没那么多话可说了。

可阿丽丝似乎看不见自己的空酒瓶子,她陪着那些空酒瓶子,睡了好几天,直到清洁女工来打扫卫生、为她叠床的时候,才替她扔进垃圾桶。

而且我有点喜欢阿丽丝,因为她并不干涉我们看电视的时间,妈妈说我们只能看三十分钟,她却让我们随便看,爱看多久就看多久,只要在妈妈回家之前关闭电视就行。

她也不干涉我吃多少糖。我特别爱吃糖,哪怕为此经常上医院补牙,并为此丢了几颗牙,我也在所不惜。

尽管妈妈不让我们吃糖,可是阿丽丝爱吃,她得为阿丽丝准备糖果是不是? 妈妈把糖果买回家之后,往储藏室里一丢,就没她的事儿了。

阿丽丝说:"这就是我喜欢美国的原因之一,美国有那么多各式各样口味的糖! 还有那么多不同国家、不同风味的食品! 在美国,要想减肥实在是太难太难了。"

可不,她刚来我们家的时候,两条瘦腿一叉,真像烧烤用的夹子。很快,她的屁股看上去就赶上大象的屁股了。戴安娜三四岁的时候,特别喜欢躺在她的肚子或是靠在她的屁股上睡觉。

所以阿丽丝经常对妈妈说,她要找一个美国丈夫。

我很同情阿丽丝,几年过去,她还没有找到一个美国丈夫。据说有个英国男人追求过她,可阿丽丝最后还是没有嫁给他,也许因为英国的糖果,口味没有美国多?

她说:"不,是因为他从来没有送过我一朵玫瑰花。"

就是这个理由?送不送一朵玫瑰就那么重要?难道我将来也要送玫瑰给什么人,不然人家就不接受我的求婚?

阿丽丝的另一个理想,就是成为世界知名的作家。她对我说:"作家这个职业比较容易发财和出名,看看那些世界著名的作家,很多没有读过大学,有的甚至是家庭妇女。你知道克雷洛夫吗?"

我当然不知道。

"他从来没有上过大学,甚至没有受过系统的中学教育。"阿丽丝十分向往地告诉我。

不读大学就能有这样了不起的结果,太让人羡慕了。照阿丽丝这么说,戴安娜将来最好去当作家。

爸爸和妈妈听了阿丽丝的理想之后,什么建议也说不出来,因为妈妈从来不看小说,至于世界上有哪些著名的作家,以及那些作家的老底儿,更是不得而知。

好比我问妈妈,谁是 Ivan Andreyevich Krylov,她竟然得上google 去查!然后还说:"一个人不可能全知全能,只要能做自己行业的头一号就行……"

从阿丽丝的这个决定,你就可以知道,她有多么聪明。妈妈在帮助我们理解不好懂的功课时,经常"绕着走",绕来绕去我们就明白了。我想阿丽丝这样做,也是一种绕着走的办法,因为她只读了高中,没有读过大学,听她的意思,将来也未必读大学。

而爸爸和文学的关系和我们一样,不过是看《哈利·波特》的

水平。所以你在我们家的书房里,肯定找不到一本小说。至于我看的也不过是《探索》《世界地理》之类的杂志,戴安娜看的是时尚画册,偶尔看看老师让他们看的课外读物,我也不知道那算不算小说。

但是他们觉得应该支持阿丽丝实现自己的理想,于是爸爸为阿丽丝交了学费,让她每周一、三、五上午,到附近的学院学习语言、写作,可她经常因为睡过头,错过了上课的时间。她还说,写作是学不出来的,而是靠天赋。

对此我很能理解,她每天晚上出去 party,很晚才回家,怎么能像我们那样,起个大早去上课呢? 我每天晚上九点半上床,早上还起不来呢。

不要说奶奶,仅就这一点来说,我也很羡慕阿丽丝的生活。我羡慕一切不用去学校上课的人。

家里除了爸爸,就连妈妈,对阿丽丝因为睡过头,耽误了学院的语言、写作课,也是无所谓的态度。

每次妈妈送我去练冰球,必得经过那家二手家具店,那时她总要对我说:"看,这就是阿丽丝那个学院艺术系老师开的二手店,专卖从中国弄来的旧家具。还问他的学生,哪个愿意来这个店里当店员,有两个艺术系毕业、一直找不到工作的学生,巴不得地跑到这里来当店员。我想阿丽丝不坚持上什么语言、写作课,是有道理的。"

从心理医生那里回来之后,我也没闲着。

既然医生说,"儿童行为问题"是与成长环境、不良人际接触交往、家庭教育方式、遗传因素、大脑疾病等原因有关,从医院回来后,我就开始注意研究我们家的成员,虽说"遗传"只是其中一个因素。

这一研究,我们家可说的事情实在是太多了。

　　我相信没有哪个岁数和她差不多的女孩儿，能穿
她那么大码的鞋。每当她穿上那条紧身裤，外加她那
两只脚，看上去活像迪斯尼那只著名的老鼠。(p.008)

四

据爸爸说,他喜欢有秩序的生活,所以每干一件事,事先都要做一个计划。

爸爸准备把车库上面的平顶利用起来,在上面加盖一间房子,正好他在家休年假,他说他一定在这两周之内,招标成功。可他除了找朋友打高尔夫,就是打冰球,两周过去,自然什么也没有发生。

我们院子的栅栏也早就该修了,常有不速之客——狗或别的什么动物造访,到了冬天甚至还有小鹿。

几个月前,他就做好了修复栅栏的计划,说是春暖花开的时候,由他来完成这项工作再好不过。

"这还不容易?"他说。

接着又在电脑上查看了各个木材厂的栅栏价格,做好了这项开支的预算等等。

"春暖花开——"听起来很不错,挺浪漫的,特别是"春天"那个词儿,尾音上扬,如果放在嘴里反复念叨念叨,那腔调简直跟电视台的儿童节目主持人一模一样,在他们眼里,我们都是弱智儿童。

我爸爸是有那么一种浪漫的倾向。我出生那一天,他用剪草机在我家后院草地上,剪出了我的名字。那几个字母,占用了整个后院的草地,你得站在楼上往下看,才能看清楚那几个不多的字母。

我的名字?

"詹姆斯·邦达。"

顺便说一句,我们家恰巧姓"邦达"。

据说只有在为我命名的这件事上,爸爸和妈妈没有过分歧。

现在冬天都快来了,栅栏还没影儿呢。

于是妈妈就给什么公司打了一个电话。爸爸下班回来,对院子周围那圈新长出来的栅栏,就像没看见似的,不过从此再也不提由他来安装栅栏的事。

他的朋友泰迪差不多也是这个样子,据泰迪说,没有什么是他不会做的,"这还不容易?"他总是说。

我太熟悉这句话了,常常会从爸爸,或是泰迪,或是吉姆的嘴里听到它。

妈妈说,这就是她喜欢那部电影的原因。你看过《Fool's Gold》那部电影吗?

只要那个男主角一出场,妈妈就笑得岔了气儿,爸爸的脸立马就黑了,我觉得这里面一定有猫腻……

每当爸爸或是泰迪说要干个什么事,并且说"这还不容易"的时候,妈妈就让我走开,就像他们正在讨论的是儿童不宜的话题。

泰迪不但对爸爸、妈妈,也对我和戴安娜许过不少愿。记得其中之一是在我三岁生日的时候,他要送给我一辆亲手制作的电动火车。现在我都这么大了,那辆电动火车还没有影儿。

妈妈说:"那辆火车不是出了车祸就是无限期晚点。"

说得也是,不论火车、汽车,连飞机都有晚点的时候呢,何况一辆手制的火车。

泰迪为我做的火车虽然晚点了,但他确确实实为我们家做过一个鞋柜。

我们家侧门的前厅里,永远摊满了各式各样的鞋子。

我的鞋还好说,比较简单,不过是适于各种运动的鞋子罢了。戴安娜的鞋子复杂一些,但也赶不上爸爸和妈妈的鞋子:什么上班的、晚会的、运动的、休闲的、高帮的、低帮的、翻毛的、不翻毛的……他们还说我们乱七八糟!不用数,看看那些乱放的鞋,属谁的多?!

再加上阿丽丝那些时尚的、五颜六色的鞋子……是啊,她的鞋子都上了她的床,还有那么多的鞋子,不扔在前厅,你让她往哪儿放？

那些鞋，东倒西歪、随心所欲、怎么躺着舒服就怎么样地扔着。不是把这个人绊个趔趄，就是把那个人绊个趔趄，那次妈妈不但被鞋子绊倒，还崴了脚，她刚要发火，一看，把她绊倒的是她自己的一双高跟靴子，也就没话可说了……绊倒我们倒没什么大不了的，要是绊倒我姥姥、姥爷、奶奶、爷爷，就麻烦了。

泰迪说，家具店的鞋柜式样、材质都不够好，而爸爸喜欢的那种樱桃木的更是难找，一般来说，人们不大用樱桃木做鞋柜，所以他自告奋勇地要为爸爸做一个樱桃木的鞋柜。

泰迪的鞋柜倒是没有晚点，爸爸在为那个鞋柜付了泰迪两百多块钱之后，就把它放到车库里去了，那是什么意思，我不说你们也能明白。

那个鞋柜，也像爸爸做的任何一个家伙什一样，不是柜子门关不上，就是四条腿不一样长。

不是我糟改爸爸，事实如此。

爸爸和泰迪从小学到大学一直是同学，不知这是他们的中学教育、还是大学教育的结果？

厨房的门和锁早就坏了，通常我们都从这个门出入，因为旁边就是车库。

这次爸爸终于为厨房安了一个新门，又在门上换了新锁。

不过你要打算关上那个门的话，必须先用铁锤砸几下才行。

至于那把锁——当我们兴致勃勃又十分疲惫地从姥姥、姥爷家回来的时候，爸爸却无论如何打不开自己安的这个锁了。

而前门的钥匙，无论邦达先生还是邦达太太，从不带在身上。他们只好给小镇上的警察打电话，为此他们付给警察一百块钱的支票。

妈妈的铁杆朋友朱丽亚说："如果找工人来做，连门带锁不过一百整。"

然后她和妈妈立马谈起电影《Fool's Gold》里的男主角，一边

谈,一边和妈妈肆无忌惮地哈哈大笑,完全不管爸爸那张黑脸。

最后妈妈果然连人带锁一百整地找了个工人,重新为厨房安了一个门,也重新换了一把锁。自然,这都是趁爸爸出差时干的。

至于我们家的那个宽带网,爸爸也曾说要亲自安装,为此,他也费时一个多月,作了安装计划……结果呢,就像我们院子周围的栅栏。等爸爸从阿根廷出差回来,我们这栋房子已经纳入了不知哪个通讯公司的宽带网。爸爸就像对待我们院子里新安的那道栅栏、厨房里新安的门和锁那样,来了个视而不见。

现在妈妈不再理会爸爸各种各样的自力更生计划,也不再希望爸爸在家务上帮她一把,对爸爸那些如何做好一家之主的榜样教育,既不追问也不发表评论了。

现在她在电话上和女朋友们聊天的时间,显然减少许多,而是动不动就给各种服务部门打电话,我估计这都是朱丽亚的主意。

五

过几天就是妈妈的生日了,爸爸问她:"你想要一个什么样的礼物?"

妈妈说:"我希望得到一个完整的睡眠。"

爸爸又眨巴着他那双无辜的眼睛,问:"难道你没有一个完整的睡眠吗?"

妈妈放下正在腌制的羊排,说:"看来我只好给自己一个礼物了。"然后摘下做饭的围裙,到她的铁杆朋友朱丽亚家去了,我想她是到那里去自助一个礼物了。

不过她确实因为缺少睡眠,从楼梯上滚下来过。

每天早上她都是一副睡不够的样子,潦潦草草地化一个很脏的妆,就去上班了。所以她的眼线总是洇开来,像个熊猫似的。

缺少睡眠最主要的原因,是因为爸爸。

据说爸爸经常打呼噜,不是小呼噜,妈妈说,是属于"抑扬顿挫、惊天动地"那一种。

幸好不是每天都这样,要看他当天是否过度疲劳,比如是否滑了雪、打了冰球。

妈妈为他买过一种内服的、专治打呼噜的药,睡前服用。还买了一种外用的、贴在鼻子上的胶条,可是都不管用。妈妈说,她正在考虑,要不要起诉这些药物公司,整个一个蒙事儿,害得她不得不夹着枕头,到地下室的乒乓球台子上去睡。

其实地下室那个地方不错,冬天最暖和,因为挨近暖气锅炉,夏天也很阴凉,也不知道她有什么可抱怨的。

换了我,绝对不会觉得不方便。比起车库,地下室可是好多了,她忘了过去把我塞进车库那档子事儿了,那里冬天可是够冷,夏天可是够热!

还有一个原因就是因为戴安娜。

戴安娜晚饭吃得太多,常常被噩梦惊醒,又吐、又拉、又喊肚子疼。

即便如此,半夜三更,当妈妈到她房间查看时,她却不先报告有关肚子的情况,或是有关她的噩梦,而是先问妈妈:"你在吃什么?"那时她还迷迷瞪瞪,没完全清醒。

据她说,因为她总是看见妈妈的嘴在动。我建议她去医院看看眼睛,有人说近视眼会遗传,爸爸就是高度的近视眼。

妈妈又是为她擦洗,又是给她找酵母片,大家如此这般地被她折腾一夜,是经常的事。

即便不是晚饭吃得太多,凌晨时分,她也会突然大叫起来:"妈咪,谁把我的夜灯关了?"

如果妈妈不答应她,她会"妈咪、妈咪"地一直叫下去,她的韧性,经得住任何挫折。

让我怎么说好?!面对食物,戴安娜从来没有说过"不"!不论是在餐桌上,还是其他进食的场合,如果有人问我们,还要不要

再加点儿什么,戴安娜总是回答:"要。"

妈妈说她吃起来就像一个卡车司机。

她吐了又吐,肚子还是那么大。从脖子底下就开始往外拱,直到小腹才往回收,并随着她的大喘气,一鼓一鼓地呼扇着——不是呼吸,她那样的肚子靠呼吸是撑不起来、也是鼓动不起来的。所以只能把戴安娜的呼吸,叫做呼扇。

每当她穿紧身裤的时候,都要妈妈帮忙,妈妈就说:"吸口气,憋住,憋住就能扣上扣子了。"或是:"憋住,憋住就能拉上拉链了。"

据我妈妈说,这还是从我姥姥那里承传下来的宝贵经验。想必我姥姥从前就是靠吸口气、憋住,才能把裤子上的扣子扣上的。

我想,戴安娜的呕吐,可能也是一种平衡。

这不,刚吐完,她就唱上了,我知道,一会儿她还得吐一场,没有两场是下不来的,没有两场她的肚子也舒服不了,不用问,晚饭又吃多了。

就说我们男孩子,也没吃到这种地步。即便在阿丽丝拿出我们喜欢的甜点或零食的时候,也很难让我们停下正在玩的游戏,或实在熬不住嘴馋,也是三口两口吃完,赶快接着玩儿。而戴安娜呢,不管我们在院子里玩得、喊得多么热闹,她却不为所动,端坐在餐桌上,一口、一口,不慌不忙地吃完她那一份,并且把盘子刮得、舔得非常干净。

在夏令营倾向性的发展测试中,有关"事物兴趣"那一栏的后面,老师总会为戴安娜加上"食欲"一项,在这一项后面,不但画上一个钩,钩后面还要画一个加号。

所以我最不愿意和戴安娜一起旅行,不愿意长时间和她同乘一辆汽车,她一路都在放屁,而且非常臭,活像一座移动厕所。

你说说,这种人怎么就跟戴安娜王妃同名了!

不过她现在有所进步,每逢要放屁的时候,她就跑到院子深处的一个角落,发放之前她会做个拉警报的手势,放完之后,还对大家做一个解除警报的手势。

这还不算,还有其他一些让我难以忍受的事情。

从前我们还没上学的时候,看到路上的标识,妈妈总是顺便教我们读读标识上的字。

她倒是挺爱跟着读,但从此就读个不停。再说,她的门牙像兔子的门牙那样,裂着一条大缝儿,说起话来,跟卡通片《Winnin the Pooh》里的狮子 Tiger 那样跑风——噢,那只又多事又笨的狮子。

我一再对她说:"对不起,我不想再听这个声音了。"

她就像没听见那样,还是说个不停。

再不就轮流唱那几支破歌,一唱就是五十遍,有多少次我厌烦地对她说:"对不起,请让我安静一会儿好吗?"她还是没脸没皮地唱。

讨价还价更是她的专长。如果妈妈说:"你不能再吃冰激凌了。"

"那就吃一个酸奶。"

如果爸爸说:"再过五分钟你该睡觉了。"

"十分钟。"

爸爸说,我们家有法律方面的基因。爷爷是法院的院长,妈妈是律师,戴安娜也具备这样讨价还价的能耐,不用说,将来准是块干律师的材料。

妈妈说:"你这是对律师职业的无知。"

而且戴安娜一会儿一张脸,说变就变。超市里一个收钱的老头,竟说她的笑容非常有感染力。

由此,奶奶又说戴安娜将来肯定是政治家,是干大事的材料。

可是当你看到她戴上一条塑料项链时的满足感,你就会怀疑奶奶的说法是否正确。

噢,天哪,还有她那个狗骨形的发箍。

她居然就叫了个"戴安娜"!

此外,时不时戴安娜还把各个房间的闹钟倒拨一些时间,半夜三更,说不定哪间房子的闹钟就刺耳地响了起来,不过这声音对我毫无影响。

只是在这样折腾一个夜晚之后,我反倒醒得很早,自然会吵醒戴安娜,其实我觉得她一直在等我吵醒她。

于是她来到我的房间,照我的后背就是一脚。

我的朋友或是老师,经常问我的一个问题就是:"你的脸上怎么有个口子?"

"我妹妹抓的。"

过了两天他们又问:"你脸上怎么又一个口子?"

"我妹妹又抓了一下。"

我当然不能让她白踢,可我还没碰着她,她就鬼哭狼嚎地大哭大叫,所以爸爸常说:"我现在就为这只小母狗将来的丈夫发愁。"

当我们吵闹到不可开交的时候,爸爸会把我们弄到楼下,以为就此可以让妈妈多睡一会儿。

到了楼下,我们仍然会为各种各样的问题争吵。

如果我从冰箱里拿瓶"绿巨人"酸奶,戴安娜必定也要一瓶,如果冰箱里找不到第二个"绿巨人",她又有了哭闹的理由。

她的哭,非常具有戏剧性,听上去就像谁踢断了她的腿。

这样大的动静,谁也不能装作听不见了,妈妈只好下楼来调解我们的矛盾,好让爸爸及时脱身,按时上班,他上班的地方离家比较远。

不过妈妈好像以为自己还在床上,伸了个懒腰、翻了个身,顺便就从楼梯上滚下来了。

我不知道是不是因为这些原因,妈妈汽车的刮水刷下面,常常别着警察局的罚单,而她的车被警察当街拦住更是常有的事。

那时,妈妈总是无辜地问警察:"请问,发生了什么事?"

警察说:"您没看见标识吗,不能左转。"

她说:"噢,是吗? 标识在哪里?"

当警察指出,标识就在我们差不多每天一逛的超市出口处时,妈妈竟像第一次听说似的:"噢,对不起,我没有看见。"

我爸爸说这叫有其父必有其女。

因为我姥爷开车开得也很玄乎,还大拇指一翘,说自己:"我是老纽约客了。"

就算他是老纽约客,再怎么说,也是个全身骨头嘎巴响的老纽约客了。

妈妈自然成了小镇法院里的常客。

她对我们抱怨说,那是因为她太困,闹得她无法注意多如牛毛的标识。

一到法院,戴安娜准会大哭大闹,其声其色,简直就像消防队那几辆赶去救火的消防车。

我们镇上的消防车,三天两头外出执行任务,奇怪的是,从没见镇上哪栋楼房被焚烧过的样子。那些救火车不是鸣汽车喇叭开道,而是使用老年间的号角。戴安娜大嘴一张,并发出嚎啕时,可不就像那几个老年间的号角。

我们这个小镇相当有历史,在保持历史风貌方面,小镇政府做过不少努力。所以好几部电影,都来我们这个小镇取外景。可是小镇上的人大多见过世面,从不要求影星的签名,或是围观、跟踪他们。有些人甚至抵制电影公司在这里拍外景,他们认为那帮人搅扰他们安静的生活。

有个电影导演还看上了我,跟爸爸说,想让我去当童星,爸爸回答说:"对不起,我不能替我儿子安排他的人生,这要他长大之后,自己来决定。再说,我们家没有从事这种职业的传统。"从来没有遭遇过"不"的大导演,非常不高兴。

妈妈对爸爸的回答显然很满意,十分难得地给了爸爸一个大吻。还说:"不错,你这不是也会聪明地回答吗。"

"你的意思是,我的回答经常是笨拙的,是吗?"

据说那些大牌明星,也不十分待见我们这个著名的小镇,是不是因为这个小镇的人不尿他们?不得而知。

由于戴安娜这只大喇叭,法官根本听不见妈妈在说什么,妈妈也听不清法官在说什么,最后只好让我们走人。

所以法院里的人和镇上的警察,没有一个不认识我们的,尤其是戴安娜。自然我们家的支票,也有不少是开给警察局和法院的。

我怀疑戴安娜在法院的号啕大哭,其实是她的表演,反正在一切场合,不管是正式的还是不正式的,都会激发戴安娜的表演欲。

爸爸出差时,万一爷爷生了病,妈妈就会请假前往,帮助奶奶看护爷爷,或陪奶奶送爷爷去医院看病。

一进医院,戴安娜就不请自便,拿起医院为病人准备的糖果就吃。她的医疗保险在那个医院吗?!

或是乱摸乱动,护士也不敢说什么,顾客是上帝,病人也是上帝啊!尽管戴安娜的医疗保险不在爷爷那个医院,可戴安娜是某个病人的孙女对不对?真绕脖子,连我说说这件事儿,都觉得绕脖子。

医生护士倒是都喜欢她,没人对她说"不",大家还会围着她聊上几句。聊着聊着,她会突然对着医生护士的脸,十分得意地说出字母"P"打头的那个单词,后头的字母我就不说了,反正你知道那是什么意思,我不能重复那个脏字。

弄得医生护士面面相觑,不知如何是好,也闹得我们非常不好意思。

谢天谢地,她现在终于懂得,不能说这个脏字了。

第 二 章

一

　　有关学校生活的回忆,好像是爸爸、妈妈和朋友经常谈到的一个话题,因为他们的朋友中,有些就是中学或大学时期的同学。而且谈起学校生活,他们似乎都很怀念。

　　是不是所有的事,一旦经过时间的作用,就会变得和原来不同?反正我知道,不论多么美味的食物,久留之后都会变臭;而爸爸自制的啤酒,经过几周的酿制,那些乱七八糟的东西,却变成了他爱喝的啤酒……你说奇妙不奇妙!

　　难道将来有那么一天,我也会像他们那样,怀念我的学校?也许吧,因为我那么多的快乐或愤怒,现在大部分都和学校有关了。

　　对于学校,我不知道将来经常回忆的会是什么。就说目前,我印象最为深刻的,可以说和学校有关,也可以说关系不大,那就是上学第一天,校车开动的那一刻。

　　我和戴安娜与爸爸妈妈吻别后,就登上了校车。

　　按理说,戴安娜可以再等两年,像我一样直接上小学。也不知道是谁的主意,让她去了学前班。总而言之,她也会有几个小时不待在家里了。

　　我看得出来,阿丽丝高兴得不得了,离校车到达的时间还早呢,她就比谁都着急地到门外等校车去了。

　　和我们告别时,阿丽丝紧紧拥抱着我,就像是抱着她的啤酒瓶子那么来劲儿。要知道,她对我可从来没有这样热情过。

我和戴安娜选坐在校车的后座上,因为透过汽车后窗,看得见送别我们的爸爸和妈妈。

而抱着我们使劲儿吻别的阿丽丝,已经不知去向,我猜她是睡回笼觉去了,这点我非常理解,因为她每天晚上都出去 party,或是和朋友会面,一般要到凌晨一两点钟才能回来。

所以她的被子从来不叠,反正她随时准备再睡进被窝里去。有时我有急事,在楼下喊她她又不回答,只得到她的房间去找她。可进她的房间,就像进入沼泽地,必得仔细寻找落脚的地方。

你说放个脚丫子需要有多大地方,可就是那么一块放脚丫子的地方,也很难找到。

咖啡杯、可乐瓶子、盘子,这些本应放在桌子上东西,不是放在地上,就是放在她的枕头上、被子上。

她的被子上、枕头上,撒满了咖啡或是可乐的印迹,那些肆意纵横的点、线、面,就像戴安娜画的所谓现代派的绘画。

问题是戴安娜的现代派绘画,是画在纸上的,在我们面前显摆之后,很快就"可能让清洁女工扔了"。而阿丽丝的"现代派绘画"很不容易清洗,为此,妈妈上个月又给她买了新枕头、新被子,刚刚换上,没几天又是老样子了。

她的床头柜和衣柜的抽屉,就像戴安娜的嘴一样,总是大张着……

难怪她刚到我家那一天,楼上楼下看了一圈之后,选定了最大一间房子作为她的卧室,她说:"我应该有一间大卧室,因为我的东西太多。"

我想她说得没错。仅就她的手提包而言,各式各样、各种颜色的几乎都有,很少有重样的。戴安娜有时参加那些女孩子的party,为了搭配衣服的颜色,还要借用阿丽丝的手提包。

所以阿丽丝的雨鞋——可能不是雨鞋,而是今年流行的、那种看上去像是雨鞋的靴子,戴安娜也有那么一双——只好放在床上,放在奶奶送给妈妈的那条俄国毯子上。

据说那条俄国毯子还有点儿纪念意义,说不准是奶奶、还是爷爷的祖先,就是从俄国来的。也就是说,这条俄国毯子,说不定是他们祖先传下来的。

妈妈对待奶奶的礼物,总是这样随便,好比奶奶送她的那条项链,她转手就送给了阿丽丝。还对阿丽丝说:"你只要别在我婆婆来访时戴它就行。"

爸爸很生气,但妈妈说:"现在谁还戴这么粗的金项链?!除非狗脖子上。"

为此好像他们又吵了一架。

除了那条俄国毯子上,卧室的沙发上,甚至厕所的梳妆台上,也放着阿丽丝的鞋子。我不太懂女人的事,是不是那只鞋子出门之前,也得擦点口红、胭脂什么的。至于阿丽丝不太待见的那些鞋子,就扔在我们家的前厅里了。

还有那些"儿童不宜"的内衣,就挂在门把手上,爸爸每次经过她的卧室,都要把头掉转过去,而戴安娜却把那些奇奇怪怪的东西,戴在毛衣外面,走来走去地显摆。

阿丽丝卧室里的电视机,不管看不看,整天开着。她说这样更好,省得我们出去时还得锁门,因为所有想要私自进入的人,都会以为家里有人,而不敢随便闯入。

说起来也有道理,阿丽丝经常忘记锁门,我们家也从没有陌生人闯入的记录。除了那个晚上,有两个半大小子在阿丽丝专用的汽车里找过"两毛五"的钢镚儿。

…………

清洁女工最不愿意打扫的,就是阿丽丝的房间,她多次向妈妈抱怨说,阿丽丝的卧室,是整栋房子里最难打扫的房间。听她这样评论,戴安娜非常高兴,她说,她还以为她的房间最乱呢。

妈妈多次向清洁女工道歉,并为此多付她一些工钱,可是阿丽丝说:"这是她应该做的,她本来就是干这些事的女工。"

…………

校车开动了,我回过头去,向爸爸妈妈挥动着我的手臂……

他们并肩站着,爸爸的大长胳膊搂着妈妈的肩膀,还不时亲吻一下她的头发,看得出那天早上他们没有斗嘴……可是爸爸忽然迅速地跑回家去。

我之所以对此印象极为深刻,是因为我从来没有看见谁像那样地奔跑:裤裆紧夹,两个膝盖像是被绳子拴在了一起,只有膝盖下的小腿,幅度极小、速度极快地蹭着跑。

戴安娜着急地说:"快看,爸爸的腿怎么了?爸爸的腿怎么了?"并且马上站起来,对校车司机说:"对不起,我要下车!"

我说:"对不起,她不需要下车。"

戴安娜对我大吵大叫,车上的同学都转过头来,看着我们。我还没上过一堂课呢,就成了人人注意的对象,而且还不是因为什么值得骄傲的事儿,这让我感到很不好意思。

校车上负责照顾我们的工作人员,也立刻过来安慰她,问她发生了什么事。

我说:"没什么,只是有什么事情误会了。"又转过脸来对戴安娜说:"爸爸能怎么着!他不过是赶着去厕所。"

戴安娜想了想,也就安静下来,不再吵着让校车司机停车了。

不用猜,爸爸肯定一头冲进厕所去了,坐上马桶,闭着眼睛,并且发出一连串幸福的哼哼。

是啊,他终于可以毫无顾忌地拉屎了,再也不必锁门;不必担心我会中途闯进去;不必担心我在门外大喊大叫让他开门;不必担心我会隔着厕所的门,与他讨论或不断问他:"爸爸,爸爸,你在拉屎吗?"或"你在撒尿吗?"

如果他想干点儿什么,再也不必担心我会在他的电脑上乱捅。

如果他想看书,也不必躲到地下室的厕所里去,免得我缠着他问这问那……

而妈妈也会轻松一些,甚至抽空打个小盹儿,至少不会累得洗着洗着澡就睡着了。

…………

那将是他们自我和戴安娜出生后，从没有过的轻松。

二

我不知道，我是恨我的学校，还是喜欢我的学校。

因为校长动不动就大惊小怪地给妈妈打电话，实在败坏我对学校的感情。

有一次同学们谈论死亡的可怕，因为一个同学的奶奶患癌症去世了。他说，他奶奶去世之前疼痛难熬，受尽了折磨。我说，要是真这么可怕，我还不如趁早自杀。

也不知道校长怎么知道了，好像他长着顺风耳。知道也就知道了，这又不是什么调皮捣蛋的事，可他竟然通知了妈妈，我说："我那是开玩笑。"

校长说："万一你真来这么一手，谁负得了责任。"

没过几天，校长又把妈妈叫到学校来了。

说是艾克斯教唆某某同学，往校车司机脸上吐唾沫，司机马上报告了校长。

因为艾克斯是我的朋友，事发当时我又在场，于是我和他们两个人，同时被押送到了校长室，然后校长给每个人的家长打了电话。

一般来说，出了这种复杂的情况，通常都由妈妈应对，别忘了她是律师。

她马上从律师事务所赶了过来。

这就是她对大律师事务所的优厚待遇从不动心的缘故。她就职的这家律师事务所，虽然没有大律师事务所的待遇好，但是离我们的学校很近，一旦我和戴安娜出现什么"情况"，二十分钟之内一定赶到。

校长让我们三个人，当着家长的面，重复当时的经过，最后

大家明白，那事儿跟我没关系。

回家以后，妈妈说我当时表现得很坦荡，以后不论遇到什么"糟糕的"事，只要不是自己干的，应该永远这样"勇敢"。

这是因为我接受了从前的教训。好像是二年级的时候，艾克斯曾经让我把空盒子放在女同学头上，妈妈说："你都快七岁了，应该有自己的脑子，为什么听别人的指挥，不听自己脑子的指挥？难道你的脑子不如别人的脑子聪明？"

"不，当然不是。"

"既然不是，为什么还要接受一个错误的指挥？"

爸爸说："这不关聪明不聪明的事，这不过是朋友之间的默契，或是一般男孩子都喜欢干的恶作剧。"听爸爸的意思，显然是妈妈大惊小怪，或妈妈毕竟是女性，对男孩子的心理不像爸爸那样容易理解。

不过妈妈说的也很有道理，而且我感觉那是大道理，所以我和戴安娜对她说的话，往往当时不能理解，需要过一些时候才能理解。

他们两个人的意见经常不一致，这曾经让我十分难办，不知听谁的好。

现在我长大了，尽管还不够大，也知道有些事是不能做的，但这不见得就是我站在了妈妈一边，听从了妈妈的指导。可我这么说，是不是表示，我对他们的分歧，已经有了倾向性的选择？

过后，艾克斯寄给我一张感谢卡，卡上还写着："我非常抱歉连累了你，你还是我的朋友吗？"

我马上挑了一张他最喜欢的，加菲猫弹吉他的卡片寄给他，我在卡片上写道："我很高兴能在校长那里陪着你，你永远是我的好朋友。"

妈妈读了我写在卡上的话，马上搂过我的脑袋……我往底下一出溜，溜出了她的怀抱，我知道她肯定要吻我的脸或我的脑袋，并且弄我一脑袋口红。

"嗯，不错，非常不错，看上去真像四只等着喂食儿的狗。"（p. 020）

据她说她的口红不掉色,谁知道是不是真的,反正我的脑袋上时不时就有口红的残余。对一个已经长大的男孩来说,被妈妈在脑袋或脸蛋上留下口红残余,实在不是值得炫耀的事。

妈妈对校长的这种教育方式非常满意,说是他让我们学会如何勇于面对事实。在事实面前,既不能推诿也不能撒谎,即使朋友之间也应该如此,等等,等等。

这些话,当然不是当着校长的面,而是当着我和戴安娜的面说的。妈妈从来不当面说人家的好话,她说,那有点像是拍马屁。

说完,不知道为什么,她还使劲看了戴安娜一眼,那一眼有点像钉锤。她是想把这些话,钉进戴安娜的脑子吗?

记得有一次在爷爷家,戴安娜需要两节五号电池,就去找爷爷要,爷爷顺手把一整包电池给了她,她一看是一整包电池,马上又说:"也许我需要四节电池。"

爷爷马上说:"没人限制你的需要,但是我们不能见便宜就占。"

后来,戴安娜逢人就说,她不喜欢爷爷。

再以后,每当爷爷和奶奶来访时,总有人拔掉爷爷电动牙刷上的插销,或用他的牙刷刷鞋,或把他的漱口杯藏起来……

爷爷问:"戴安娜,你知道是谁拿我的牙刷刷脏东西了?"

"不知道。"

"你知道是谁拔掉了我牙刷上的电线插销吗?"

"不知道。"

"你看见我的漱口杯了吗?"

"也许是清洁女工打扫卫生的时候扔了。"戴安娜说。

"清洁女工星期二才来,今天是星期四……"爷爷说。那一会儿,爷爷的脸拉得很长。

停了一会儿爷爷又说:"我们家没有不说实话的历史。"

我看见,戴安娜的脸,红得特别厉害。

我猜一定是戴安娜干的，我们家除了她，谁也不会干这种事。我觉得这样做很不好，如果你觉得爷爷什么地方不对，可以和爷爷谈谈，而不应做这种不光明正大的事。

但是我没有证据，不能说就是她。这是妈妈说的，没有确实的证据，不能随便做结论。这不仅是对他人负责，也是对自己的品德负责。

但我敢肯定，这是戴安娜从阿丽丝那里学来的宝典。

每当戴安娜找不到她那些破东烂西的时候，阿丽丝总是说："可能是清洁女工扔了。"

如果不是"可能是清洁工扔了"，戴安娜那间卧室，就会像阿丽丝的卧室，还能下脚吗？

戴安娜特别抠门儿，什么破东烂西都留着，比如那些已经用过的礼物卡。明明卡里一分钱都没有了，还留它干什么？

连她一岁的时候用过的皮筋，包括她那个如今已经显小的、狗骨形的发箍。

每每看到她那个狗骨形的发箍，我就有点心痛。同时也想，幸亏清洁女工没有扔掉。

不论赛球还是训练，除了教练，我最不喜欢的就是有人在场外指导我，应该如何如何。

好比平时垒球训练，不论攻守我都不太愿意跑垒，而是热衷于抢球，因为我掷球掷得又远又狠。那种时候，爸爸总是"内行"地在场外大喊大叫，不管他在场外怎样又喊又叫，我就跟没听见似的，更不要说别人的指点了。

几年前的一次垒球赛，还没开球之前，戴安娜穿过场地向我跑来，好心好意地问我："你带没带午餐？装午餐的兜儿放在哪儿了？"你知道，她对"吃"一向非常重视。

戴安娜绝对是个"好管家"，尽管她一到做家庭作业的时候就犯傻。

尤其爸爸、妈妈不在家的时候，她总是统领着我们的行为。

如果我那些朋友在客厅一边看电视，一边吃零食，她是绝对不允许的。"妈妈说，不能在客厅里吃零食，你们或是在餐厅里吃完再看，或是看完电视再吃。说吧！你们到底吃完再看，还是看完再吃？"

我那些朋友谁也不愿意招惹她，只得乖乖地把零食放回去。

或是时不时就清理一下食品储藏室，将妈妈买来以后，往储藏室里随便一扔、乱堆乱放的食品，码放整齐；对那些罐装食品的期限，一一检查，如有过期罐头，一定扔掉，不能再吃。

……………

尽管我非常喜欢狗，可我无论如何不能赞美戴安娜那个狗骨形的发箍。

我们多次要求买一只狗，可是妈妈说："谁负责遛狗？一天六次！"

没人吭气，连阿丽丝也不吭气。

妈妈又问："谁负责狗的健康卫生？"

还是没人吭气。

"如果我们都去旅行，把它交给谁？"

妈妈说："最后还不是我的事，你们觉得我现在的事还少吗？谁不喜欢狗？可是喜欢完了呢，还有对它的责任。一说到责任，就没声音了。"

从戴安娜买回来那个狗骨形发箍的第一天，我就烦。为什么，我也说不清楚，有时候，你就是不喜欢某个东西或某个人，而且说不出什么道理。

当时，戴安娜穿过场地向我跑来，好心好意问我"你带没带午餐？装午餐的兜儿放在哪儿了"，头上支棱的，就是这个狗骨形的发箍！

当你不再是小男孩，你一定忌讳妈妈当着同学或朋友亲吻你，不论我们多么爱我们的妈妈。

戴安娜跑过全场来看我，我当时的感觉，差不多就是这个意思。

队友们全都围在一旁看着，加上她这个狗骨形的发箍！哎呀呀——真让我不好意思，便非常不耐烦地对她说："马上要开赛了，现在什么也别跟我说！"

队友们全笑了。

后来我想，如果当时没有他人在场，我那么说了也就说了，可是当着那么多队友，给她碰了那么大的一个钉子，真的很残忍。

她显然感到非常委屈和不好意思，红着脸，一言不发，对着我，使劲眨巴她的眼睛，想把眼泪憋回去。见我丝毫没有道歉的意思，便飞快地跑回看台，偎依在妈妈身旁，最后还是忍不住哭了起来。

晚上回到家里，她不搭理我了。

妈妈说："要是我当众也给你来这么一家伙，你愿意吗？"

我想了想，说："不，不愿意。"然后诚心诚意地对戴安娜说，"对不起。"

我想她是原谅了我，因为她当时正在扤冰激凌，马上给了我一勺。

可我直到现在，也不能忘记，小小的她，在球场上使劲眨巴眼睛，想把眼泪憋回去的样子。

再不就为一篇作文。

那篇作文的题目是：《如果你漂流到一个荒岛》。

与此同时，戴安娜也做了一篇作文，题目好像是《最不喜欢》。她在作文中写道："我最不喜欢上医院，大夫总让我和哥哥脱得精光。"

就这么一句，当然你也甭指望她写得多么深刻、多么长，可她居然得到老师的"喜欢"。

说真的，我喜欢她这篇作文，我也是这么个意思。尽管我们还没成人，但也不喜欢当着别人脱得精光。

爸爸说："那你为什么在我如厕的时候，老是不请自便地闯进厕所?"是啊,想想也有道理,以后我应该注意,不能再干那样的事。

和戴安娜不同,我的作文当然需要更多的想象,光看题目就知道是这样——《如果你漂流到一个荒岛》。

"如果"是什么?文学老师说,"如果"就是现实中不存在,但在我们设想、幻想中存在的事物。

我设想、幻想中的存在是什么?是逃离!

所以我在作文中写道:"我梦见自己漂流到一个荒岛,本来我很高兴,荒岛上再也没人管教我,我终于可以按照自己的心意做点什么了,比方说做个从来没有人做过的东西,人们管那叫做发明创造什么的。可我后来发现,荒岛上人人都是老师!我的头马上大了,于是我就想办法用椰树叶子编了一只小船,逃离了那个荒岛。没想到,我在那个荒岛上的发明创造,竟是用椰子皮编了一只小船。"

校长知道后让我重写。

我错在哪儿了,让我重写?

我没有重写。作文又不是日记,作文是创作,就像作家写小说,凭的是想象。

为什么轮到我想象就不行了!

你说,真实生活里有哈利·波特那样的事吗?没有!既然没有,人们还不是看得晕头晕脑,除了我。

我不喜欢那个故事,没劲透了。想象力丰富——我爸爸说的——那哪儿是什么想象力?将来我一定要让他看看,什么是想象力!

连我这样的小屁孩儿都看得出,那是瞎编烂造!而且随手就把爸爸给我买的这本书,扔到地下室去了。他每天下班回来,都要找个机会,躲到地下室去看《哈利·波特》,还说是给我和戴安娜买的!

爸爸问:"那本书呢?"

我说:"请你自己找吧。"

据戴安娜说，她也不喜欢这个故事。谁知道真假，戴安娜的主意就像华尔街的股市，一会儿一变，过不了几个小时，就和刚才发表的意见，来个大变脸。

没想到第二天，戴安娜居然去考问校长："一加一等于几？"

校长说："等于二。"

她说："错。一加一是一个窗户，一横一竖，不是一个窗户吗？"

我想戴安娜考问校长，是为了给我报仇。

你以为女老师就宽宏大量一点吗？才不呢。

最近音乐老师又对妈妈这样说："我们准备给詹姆斯买一个椅子垫，在心理上、概念上，给他一个坐上去就不能移动的暗示。他的屁股老是拧来拧去，从没有过百分之一秒的静止。"

你说老师还有没有原则和标准？前不久她还说我表现很好呢。我刚刚被迫参加了小号队，说被迫，是因为在我们学校，每个人都得参加一项艺术训练，乐器、舞蹈、绘画什么的，如果实在找不到自己有什么文艺方面的特长，最次也得参加合唱团。

我也想参加合唱团，管我唱不唱的，反正混在里面，谁也看不出来，可是妈妈非得让我选一种乐器，我听了姥姥的意见，选了小号。还没吹上几天，音乐老师就说我很有天才，吹得不错。

只有戴安娜说："你一吹小号，就像是在放大屁，'砰——、砰——、砰——'一下、一下，间隔很长，好像一直在考虑，还要不要再放一个。"

再没有人像戴安娜这样，毫不忌讳、直截了当地表达对我的轻视了，更或许是她自己太爱放屁，需要拉上一个垫背的。

我也不知道这百分之一秒，音乐老师是怎么量出来的，至少我们家现在还没有这种可以量出百分之一秒的仪器，如果真有这种仪器，对任何新鲜事物都打算试一试的爸爸，绝对不会放过。

　　我们家的车库里，就有很多新奇而又用不着的东西，难怪爸爸把车库扩建得几乎像我们的房子那么大。奶奶说，爸爸的这个爱好，来自爷爷。至今我在爷爷和奶奶的地下室里，时不时还能一脚踢上不知属于猴年马月的"新潮"，不要说而今，就是当年也没有什么用处的"破东烂西"——这是奶奶的原话。怪不得爷爷的地下室，和我们的车库一样，"巨"大！

　　妈妈说："你在椅子上的问题，与你表现得好不好，是两个概念。"

　　我知道，她指的很可能还是奶奶说的多动症的问题。

　　明明我的阅读能力非常强，问问班上，有多少同学回家之后，还能静下心来，阅读《探索》或是《世界地里》那样的杂志？可为什么地理课的老师，每次给我的分数都是"P"，也就是 pass 的意思。

　　还说我把包吸管的纸塞进吸管，然后用力吹出去……哪儿想到那个小纸球竟然像枪子儿一样，射得很远，有一次竟射到地理课老师的水杯里。

　　我想我的"P"，大概就是这么来的。

　　为了弥补把小纸球射进老师杯子里的过错，当老师把用过的纸杯放在窗台上的时候，我对她说："老师，我替你扔了吧。"

　　妈妈又说我会讨好人。

　　你说这些事儿，复杂不复杂！

　　其实我并不是那么大大咧咧的人。可能谁都不知道，对文学老师即将退休这件事，我还是感到有点沮丧的，迄今为止，我还没有看到哪位老师像她讲课那样有趣，好比，谁还能给我们出那样可以发挥想象力的作文题？尽管为了那篇作文，校长让我重写。

　　可就算文学老师不退休，我也要升级了。

　　我想起妈妈常说的话："总之，你早晚要和一个人'拜拜'。"

　　她这句话，曾经让我想了很久。后来我得出了一个更不好的

结论,哪里是早晚只和一个人"拜拜",最后我们可能要和所有的人"拜拜"。

那些认为伤心就是哭泣、掉眼泪的人,真不算是聪明。要知道,我是詹姆斯·邦达,而不是戴安娜·邦达。

好不容易哪次、哪个老师说我表现好,妈妈还居然问人家:"你说的是我的儿子吗,是不是他们班上还有一个叫做詹姆斯的?"

即便哪天老师、校长,没有打电话给妈妈,我也省不了心。

妈妈回家第一句话准是:"家庭作业做完了吗?"

即便有所不同,也不过是:"今天考得如何?"

学校里除了考试,我真想不起还有什么了不起的事。今天考数学,妈妈回家见我的第一句话,当然是问我考得如何,还能有别的?

"太容易了。"我说。

每逢我说"太容易了"或是"我知道"的时候,她就一脸的讥讽,她说这是好显摆。我认为我根本没有好显摆的缺陷,好显摆的是戴安娜。

而姥姥说:"如果詹姆斯真知道,为什么不能这样说呢,如果说过'我知道'之后,是'我不知道',那才糟糕呢。"

真不愧是世界排名第五的杰夫赞赏过的人!

妈妈还不喜欢我总是说"我赢了,我赢了",而事实上我经常赢。

她说,"这很像你爸爸,你爸爸就不喜欢'输',我不喜欢这个毛病,你为什么老要赢?"

难道她就希望我输?

"因为我不喜欢输。"输了的心情多不好,从前我一输就生气,现在好多了,她说这和她对我的教育有关。

这时戴安娜就在一旁唱她自己作曲、作词的歌曲:"有时候赢,有时候输"什么的……是啊,她很少赢,她当然这样说。

姥姥说过,其实妈妈一点小事也不肯认输,从小如此。

可她为什么非要让我"输"呢?

爸爸也说,妈妈从来没有对他说过"对不起",或是"我错了"。

姥姥说:"这是真的,从小我就没有听她说过'对不起'或是'我错了'。"

我早就说过,我们家在很多方面,都是两套标准。

妈妈接着说:"你一说'容易',我就知道没好事,再想想你的答卷吧。"

我也不知道我该怎么说,难道我说"不容易"就好了吗?

无论我怎么说,妈妈都能挑出毛病来。跟戴安娜谈话时,也有这样的问题,反正我觉得跟女性说话,真的很麻烦。我和我那些朋友谈话时,从来没有对彼此说的话,进行过这样复杂的分析。

妈妈说我和朋友们通电话,只有三段句式:第一句,你好。第二句,是的。第三句,行。

你说她这是赞美我还是损我?

不过差不多就是她总结的这个样子,我们不像她们那样,花那么多时间在废话上。

我仔细想了想,说:"也许错了一道题,不,也许错了两道。"

妈妈看了看老师发回的卷子,"两道,你肯定是两道吗?"

经她这么一问,我又犹豫起来,一般来说,我的记性不那么好。爸爸说,不是我的记性不好,而是我不肯花心思在那些正经事上。

这个说法并不准确。其实他们认为重要的事,我并不认为重要,我认为重要的事,他们又认为不重要,也许我们的标准有一天终会达成一致,现在可还没有这个迹象。

妈妈把考卷递过来,让我自己好好数数,原来二十四道考题我错了十六道。

我怎么就记得是答错两道呢？这个差别可就大了去了。难道我连一、二、三、四都数不清楚吗？怪不得妈妈说"好好数数"。

她说："你这一错，错了一半还多。怎么会是这样？"

怎么会是这样？！我又看了看考卷，嗨，我的腰板立马挺了起来。她也不看看，我错的那十六道考题，都是最容易的。

我也不知道这是怎么回事，每逢考试，越难做的考题，我越能答对，而越是容易的考题，我越是做错。

可我怎么说也比威廉强，一到考试，他不是脸肿、就是牙肿，或是鼻子流血。问都不用问，只要一看他脸肿或是牙肿，就知道考试要来了，一试一个准儿，还真不是装的。我非常羡慕他，我怎么就没有这个本事？

这种愿望，当然不能对妈妈说。我只好说："你没看见吗，我答对的题，都是最难的，而且我是第一个交卷。"

"你错几道题，老师就扣几分，扣分的时候，老师可不管你错的是那些容易的考题，还是难的考题，也不会因为你错的是那些容易的考题，就少扣你几分。再说，你第一个交卷，老师就能给你一个 A 吗？"

唉，我又错了！

也是，老师判分的时候，从来没有把交卷快慢，计算到考卷的分数里去。刚才还挺得倍儿直的腰板，马上塌了下来。我还能说什么？只能如实地说："不能。"

"还想当宇航工程师呢，一个数字算错，飞机就得爆炸、死人……照这个样子，你觉得你当得了吗？"

"不能。"

"那你能干什么？打球？你又瘦又高，让人一撞，就不知道从球场飞到哪儿去了。哪项体育活动不需要一个壮实的体魄？"

可不是嘛！想来想去，确实想不出自己能干些什么，越想越伤心，于是就躺在长椅上哭了起来，我一边哭、一边说："我无路可走了，我真的无路可走了，今天是我一生中最痛苦的一天。"

妈妈不但不安慰我，还说："你在世界上才活了几年……就谈到'一生'了！"

不论怎么说，什么也干不了这件事，对我的打击不小，后来姥姥、姥爷来访时，我对姥姥说到我的绝望。

姥姥对我说："别这么说，你还有很多路可走呢。"然后又对妈妈说："你小的时候，也漏看、漏做过考题。有一次考物理，试卷后面那一整页考题，你根本就没看见也没做。"

妈妈讪讪地说："我又不是经常如此。"

"就像你说的，一次也就够了。一个数字算错，飞机就得爆炸、死人……"

在对待各种事物的态度上，爸爸和妈妈经常观点不同，可最后总以爸爸的不了了之告终，包括对我们的教导。或者说，他拿妈妈没辙。你说说，他们怎么会凑到一起的？

可是姥姥不论，她毫无顾忌地坚持自己的意见，而且最不同意的就是妈妈老拿"分数"，或是我的"丢三落四"说事。

姥姥说："我见过得太多了，从小学到大学，分数好的学生有的是，我们要看最后，最后反倒是那些淘气的孩子有出息。淘气的孩子，大部分想象力丰富，而想象力是创作的源泉。只要不是品格方面的问题，都不必过分计较。"

可不，有一次姥姥应我的邀请，做客我们学校那个"特殊朋友"的活动，活动中还有学生记者对学生们的"特殊朋友"进行采访，我记得有个问题是："促使我们这个世界发展的动力是什么？"

很多学生的祖父母回答是"电讯"、"电脑"、"宇宙飞船"什么的，只有姥姥，她回答说："想象力。人类所有的进步，都来自想象力。"闹得那些"记者"一头雾水。

姥姥是个特酷的老太太，总是发出和别人不同的声音，而且你还不能说她不对。比如对校长让我重写的那篇作文，就是我梦见到了一个小岛，岛上都是老师，我用椰树叶子编了一只小船逃走的那篇作文。

她的态度和校长、老师都不同，她说："多么有想象力的作文啊。我可不希望你是个跟屁虫，妈妈和戴安娜老说你没有想象力，那是指你们做的游戏，你没有做那种游戏的想象力，不等于你没有其他的想象力。"

她指的是，我们有时表演"哑剧"的娱乐，就是说，一个人在所谓的舞台上，什么也不说，只做动作，大家在下面猜，他的动作表达的是什么。

妈妈总是打击我，还没等我表演完毕，她就说："好了，好了，我们都知道那是一条狗了，你能不能来点儿别的？"

好吧，来点儿别的，我还没做几个动作，只是刚一侧身，他们又说："踢足球！踢足球！"

奶奶就常常说我："你瞧你，即便是捣乱也没有什么想象力，除了跳上跳下还有什么新鲜的？"

爸爸和妈妈就有想象力了？

姥姥就不这样挤对我，有一次我以为没人在家，便在戴安娜的钢琴上随便弹着玩儿，戴安娜弹奏的那些曲子，我早就背得滚瓜烂熟，根本不用看乐谱，就能弹个八九不离十。

弹着弹着，我听到了掌声，一回头，姥姥在客厅门外站着……她对我说："我们从来不知道，将来会发生什么，会出现什么奇迹。你们的妈妈，小时候真是个非常非常麻烦的家伙，可是你看后来……"

后来怎样了，姥姥没说下去。可我知道，妈妈仍然是个麻烦的家伙。

还有一次，暑假后，老师让我们用绘画的形式，表现一下我们的暑假生活。女孩子们差不多画的都是海滩、游泳、贝壳什么的，而我画的是我掉了一颗牙，上火，半拉脸都肿了。人人看了我的绘画，都捂着嘴，就像我那张绘画是厕所，发出了让他们难以忍受的臭味似的。

姥姥却说："恐怕全校也找不到第二份这么有意思的绘画

了，艺术贵在独创。"

但有些看似无足轻重的小事，姥姥却很计较。非得把我提溜起来，跟我说个清楚。

她在我们这里的时候，总会为我买我爱吃的那种松松脆脆，掺着牛奶、巧克力，杏仁味十足的松饼。她怕我吃得太多不好，总是把松饼藏在她的房间里，如果我想吃，就得朝她要，每天顶多给我两块。

有一次我没通过她，自己去拿来吃了，她知道后，非常不高兴，认为这是品质问题，严肃地和我谈了很久，她既没吵也没叫，但我真的感到了不好意思，很不好意思。

可她怎么就能事先不征求我们的同意，吃我和戴安娜在万圣节讨来的糖果呢？

妈妈说："那是两回事。你讨来的万圣节那些糖果，是我和爸爸准备扔掉的，因为你们不能没有节制地吃那么多糖！姥姥吃那些糖果，也是我们知道的，不是偷吃。"

然后妈妈就拐个弯儿，列数我其他的罪状。一般来说，你要是看那些打官司的电影、电视，律师们在法庭上，差不多就是这样拐来拐去，最后没准儿就把官司拐赢了。

"一让他做家庭作业，他就上厕所，好像他把全天的尿，都憋到这个时候来撒了。"

"你小的时候，也是一到做家庭作业的时候就上厕所。说好三十分钟家庭作业的时间，可是你上两次厕所，十分钟就没了。为此我把你上厕所的时间掐算好，几分几秒、前前后后从三十分钟里扣除，你上完厕所，还得做足三十分钟的家庭作业才行……"说到这些，姥姥特别兴奋，好像她又把妈妈给制住了。

妈妈那张从来没人可以堵住的嘴，居然也有没词儿的时候。

嘿，姥姥还真有绝的！

不过仔细一想，也没什么可高兴的，以后做家庭作业的时候，我再找借口上厕所，妈妈就会照着姥姥的办法，也给我来这么一手。

最近我还特别不走运，负责组织戏剧表演的老师，唯独对我吹毛求疵，另一个同学排练的时候也说话了，老师就没有批评他。我一气之下就把演出服给撕了。

我看出老师特别生气，尽管他没有向我发脾气。

他不停地抖搂、翻看那件演出服，许是在查看能否修复，说："这件演、演、演出服上的图案、羽毛，都是请人手工绘制和贴上去的……"最后知道那件演出服已经无可救药，就给妈妈打了电话。

别看我很镇定的样子，其实也很心疼那件不能修复的演出服，可我一生起气来，真是没法控制自己，尤其当我遇见不公平的待遇时。就像妈妈说的，别看睁着两只大眼睛、张着两只大耳朵，可什么都听不见也看不见了。其实还应该加上，什么也不想了。

妈妈来到学校，知道来龙去脉后，只对老师说了声"对不起"，并表示愿意赔偿那件演出服，其他也没多说。更让我十分意外的是，她也没有和我多说什么，我本来以为，这一家伙，几天之内我都别想有安静的日子了。

也许她和我一样，对不公平的待遇有着十分独立的见解。

除了给家长打电话，我真不知道老师还会干什么。

特别是校长，我们学校有那么多学生，他要是这样打起电话来，还了得吗，或许他对我是另眼看待。

另眼看待是什么意思，不用我说，你也知道。

这还只是其一。

其二是，放暑假之前，教练组织垒球代表队的时候，我被淘汰了。

我的球艺哪点不好？！

后来我跟爸爸讨论这个问题,爸爸也说不出所以,难道是因为我不喜欢跑垒,只喜欢抢球、掷球?

妈妈说,垒球是个互相配合的集体运动,如果某个队员,在球场上只凭自己的喜好打球,而不考虑球队整体的作战计划,那可不是好事情。说完这些,她又加了一句:"哼,开始了。"

"什么"开始了?她没有说。

我当然有点伤心,除了我之外,原先我们那个球队的人全被选上了。尤其教练说被选上的队员出列,以检阅新队员的时候,只剩下我一个人还站在原地……那个滋味真不好受。

谁都知道我对垒球的热爱,戴安娜却说:"又有哪项球类运动你不热爱呢?!"——是不是很阴险。

我已经说了,无论我怎样讲话,妈妈都能挑出毛病来,跟戴安娜说话,也是这么个情况。

我和妈妈有个约定,每个星期日晚上睡觉前,我们有半个小时的谈心时间。不管妈妈多忙,或哪怕我正在打游戏机、看我最感兴趣的探案电视,到时我们都得停下来。而且我们保证,这个约定我们一定保持到永久,不管我长到多大岁数。

于是我在和妈妈谈心时,谈到了垒球队的事。我说:"我知道你不太喜欢我那样不顾一切地打垒球,其实我热爱垒球,是有原因的。"

妈妈说:"什么原因?"

我说:"为了三个 F。"

"哪三个 F 呢?"

"一个是荣誉 Feat,一个是娱乐 Fun,一个是财富 Fortune,如果将来我成为垒球巨星,就会有很多钱,等你老了、退休了,我要为你支付所有的健康保险、我还要负担你的养老金……"

妈妈抱住我说:"甜心,我有自己的健康保险、自己的养老金,不用你操心。不过你可以再加一个 F。"

"那第四个 F 是什么呢?"

"Flower。妈妈喜欢花，你给妈妈买花就行了。"

当然我没有对妈妈说到我的伤心，反而对妈妈说，我不在乎选上、选不上垒球代表队，还有艾克斯陪着我呢。

我嘴里这么说，心里却想，可艾克斯从来就不是任何球队的成员啊！

妈妈居然也没问我："你真的不伤心吗？"

这有点奇怪。

虽然我和妈妈约定，无论发生什么不好的事，我都不会隐瞒她。这算不算隐瞒呢？我只是不想让她跟着我一起伤心、烦恼而已。

爸爸老是说，一个绅士，应该如何如何。我想这也许就是一个绅士应该做的吧？

即便我已经不是垒球代表队的队员，但不论他们比赛或是练习，我仍然是他们的铁杆观众：为每一个球的失误声嘶力竭地喊叫；逢到有人跑垒，我腿肚子上的肌肉疼得直哆嗦；投球手每每投出一粒球之前，我全身紧张得就像还踩在垒上的击球手……我现在有点理解，为什么一到爸爸冰球赛的时候，妈妈老是站在那个"冰盒子"里的缘故了。

只是现在我没有多少时间去看他们练习或比赛了。妈妈给我报名了那么多活动：游泳、舢板、小号，现在我的小号真还吹得不错……表扬过姥姥萨克斯管吹得不错的杰夫，也表扬了我。不过他是世界排行第五的萨克斯管，而不是小号。可萨克斯管和小号都属于铜管乐器，他说好，可能真的不错，至少是八九不离十。

妈妈还说："学会舢板，就会玩帆船了，如果将来你有了女朋友，请她去玩帆船，该是多么浪漫的事……"

爸爸说："你怎么和他说这个！"

"怎么不能说？过不了两年詹姆斯就会有女朋友了。"

我明白她的意思，那就是说，爸爸除了打球，从来没有浪

"我梦见自己漂流到一个荒岛……荒岛上再也没人管教我，我终于可以按照自己的心意，做点什么了……可我后来发现，荒岛上人人都是老师！我的头马上大了……"(p.053)

漫过。

…………

这么一来，等我回到家里，基本上没有什么力气了，一头栽到那里就睡，一觉就到第二天早上七点，有天晚上大雷雨把后院的一棵树劈去一半，全家人喊翻了天，我都没听见。

总之，妈妈连个喘气的时候都不给我留。

尤其是舢板，差不多天天都要练习。队长说，再没有一种运动像舢板这样，需要大家精神、力气、技术上的协调一致了……

这些话，妈妈也不止一次地对我说过，我也有点明白了我被淘汰出垒球队的原因。我想，我肯定不会让舢板队再"开除"我，我这一生，有那么一回耻辱，也就够了——我又说一生了。

有时候，我忙得几乎忘记了垒球。不过我还是尽可能挤出哪怕一小会儿时间，去看我曾经的球队练习或比赛，哪怕只看一眼呢。

可是，那次，不知怎么一扭头，发现在场外观看他们练球的只有我，也就是说，原来的球员中只有我一个人留在场外，我差不多已经忘了，我早已不是其中的成员。

怪不得妈妈让我忙得不可开交呢！

三

以实求实地说，学校里还是有让我高兴的事。

首先，在学校，我可以整天和好朋友艾克斯摽在一起。尽管艾克斯的妈妈提醒过我：艾克斯非常敏感、忧郁，不容易和他人相处，朋友很少，同时艾克斯是素食主义者，因为艾克斯有时会留在我们家吃中饭或晚饭，她得事先提个醒。

后来我发现，艾克斯只是在吃意大利小肉丸子面条时，才声称自己是素食主义者，在牛排面前绝对不是……可能他们家总是吃意大利小肉丸子面条的缘故。而我们家总是吃烧烤牛排，要是我们两家的食谱不时交换交换就好了。

　　但我们之间从来没有问题，不论艾克斯叨叨什么，就像妈妈说的，别看我睁着两只大眼儿，支棱着两只招风耳朵，就是一个看不见、听不着。所以艾克斯尽管说，我绝对不会像别人那样烦他。

　　艾克斯很高兴有我这样一个朋友，说，再没有人可以像我这样，耐心地倾听他了。

　　我明白，无论在家里还是在学校，他没有一处可以"说话"的地方。他妈妈可不像我妈妈，有那么多时间管我的"闲事"，她自己的事儿还忙不过来呢，更别说和艾克斯谈心了。

　　有时我觉得自己处处受限制非常可怜，但像艾克斯那样，不论在哪儿，都没人给他一点点关心、注意，是不是更加可怜？

　　艾克斯没有跟我说过"寂寞"这个词儿，但我想他是寂寞的。即便如此，我也不希望和艾克斯交换妈妈，交换食谱是可以的，交换妈妈可不行。

　　只是艾克斯不像我那样喜欢体育运动，每当我们在一起的时候，我说咱们打篮球吧，不到五分钟他就不干了，不过我可以迁就，我们又不是整天撅在一起，我的球队，完全可以满足我在这方面的兴趣。

　　周末或是放假的时候，妈妈还允许我们到彼此的家里过一夜。那一次我在艾克斯家过夜，还赚了几块钱。

　　我们在艾克斯的房间里，用垫子、枕头什么的搭了一个坡形，他的小妹妹不敢滑滑梯，却对我们搭建的那个坡形兴趣有加，我们说，滑是可以的，但滑一次五毛钱。她很痛快地答应了，直到花光她手里的钱为止。

　　然后我就和艾克斯到冰激凌店，大大地消费了一次，顺便还逛了逛二手商店，有一筐高尔夫球才卖两块钱，于是我为爸爸买了那筐高尔夫球。

　　回家后爸爸问我哪儿来的钱，我说我赢的。最后，他当然知道我是怎么赢的。

爸爸说:"这钱来得很不光彩。"

我问:"为什么?"又不是抢的或是偷的,怎么不光彩了。

爸爸想了想说:"一个男人永远不能这样对待女人。"

你知道我爸爸从来不擅言词,不像妈妈,张嘴就是谁也驳斥不了的理由,谁让她是律师呢。

"我和艾克斯不是男人,她妹妹也不是女人,我们是男孩儿和女孩儿。"

"如何做一个绅士,从男孩儿就得学起。"

"那为什么你用枕头扔妈妈?"

"我什么时候用枕头扔她了?"

"三月二十九号,你们吵架那一次。"

"你的记性还挺好,三月二十九号……"爸爸眨巴着眼睛想了又想,最后终于想了起来。想起来就没词儿了,憋了几分钟之后,他说:"作为一个男人,那样做的确很不好。"

怪不得爷爷总说:"我们家没有不说实话的习惯。"

看着爸爸尴尬的样子,我给了他一个大拥抱,说:"爸爸,我爱你。"

对他们那次吵架,我印象相当深刻。其实我对他们的哪次吵架,印象都很深刻。

星期日早上,妈妈对爸爸说,她已经按照菜谱腌制好了三文鱼,让爸爸六点钟的时候打开烤箱,按照菜谱上说的时间烤一烤,再做一锅米饭就行。然后妈妈就到图书馆去了,说是去查什么资料。

有关她动不动就到图书馆查资料的事,有些内情我是知道的,不过我不说就是了——不要问我怎么知道的,这是秘密。

尤其星期天,她经常要到图书馆查资料、上网,理由是家里太闹,案子急需等等,其实她大部分时间是躲在那里睡觉。

图书馆的沙发可是够大,她把两个沙发一拼,在上面一睡就

是若干小时。有一次直睡到闭馆时间已到,她还没醒,图书管理员只好把她叫醒,她这才摇头晃脑地站起来,好像不知道自己是在哪儿。

如果奶奶和爷爷来访,到了周末,妈妈肯定和他们出去下馆子。他们说,他们对美食有着同等的爱好。

当然,周末是我们家最闹腾的时候。先不说各种高分贝声音的大聚会,简直是高分贝噪音的大聚会。各种杂物扔得满地都是,厨房里乱七八糟得我都不知道怎么说好……

我有点奇怪的是,他们常常是去吃午饭,而人们通常对晚饭更加重视,后来我明白,他们的午餐吃下来,差不多也就到了晚上。

如果我们没去进行球类训练或是其他活动,妈妈就会把车停在街角或是家门口的灌木丛后,把奶奶、爷爷放下,让他们自己走几步回家,说是忽然想起还有什么重要的事没办,赶快开着车开溜。以奶奶那样聪明的人,肯定知道那件马上要办的重要事,纯属子虚乌有。

当戴安娜问奶奶,妈妈上哪儿去了的时候,奶奶总是说:"不知道。"也是,奶奶可以说不知道。

作为一个地方法院法官的妻子、一位心理学家,这种回答似乎没有什么漏洞,"不知道"永远是个不好否定、也不好肯定的理由,谁能钻进他人的脑子,看看他到底是真不知道,还是假不知道。

其实我在楼上看得很清楚,妈妈又溜了。

妈妈去图书馆之后,爸爸就和人打冰球去了,一直打到晚上七点才回来,我和戴安娜饿得不得了,戴安娜打开冰箱,拿出火腿和面包,打算给我们做三明治。

可是阿丽丝说:"何必麻烦呢,咱们不如吃巧克力。"

我一想,可不是嘛,吃巧克力多方便,还是我和戴安娜的最爱,我还真没见过不爱吃巧克力的人呢。

阿丽丝说："前两天有一个从欧洲寄来的盒子，好像是巧克力。"

戴安娜这才想起来："噢，对了，那是奶奶从法国寄来的，前些日子奶奶去法国旅行来着。"她一下就从储藏室里，扒拉出奶奶寄的巧克力。

阿丽丝说她也饿了，于是我们三个人美滋滋地围着那盒巧克力，享受起来。味道果然不错，阿丽丝说："法国巧克力还真是不同凡响啊。"

不一会儿，我们三个人就把那盒巧克力吃光了。

妈妈从图书馆回家后，把盖在三文鱼上的锡纸打开一看，就对爸爸说："我让你六点钟烤鱼、做晚饭，你怎么没做？"

爸爸说："你先做米饭、沙拉，我这就烤鱼。"

"我不，我为什么还要做饭，我已经做得够多了。上个长周末，你去滑了三天雪，我带了三天孩子，让你烤个鱼、做个米饭，你都不干！"

"你是不是有些反应过分？"

妈妈没有回答，转身就查看我的作业，那也是她上图书馆之前，布置给爸爸的活儿。

我的作业当然是错得一塌糊涂，因为我做作业的时候，爸爸打冰球去了，他回来之后，也没花什么时间查看和纠正我的作业。

即便经过他的查看和纠正，我虽不再错误连篇，但至少还会保留百分之五十的错误。连老师都能分辨出，我的作业是在不同人的监管下完成的，这就是为什么，我喜欢爸爸来检查我作业的缘故。

妈妈看了我的作业后，对爸爸说："是不是你自己就不明白这些题怎么做？很多人即便大学毕业，甚至还有一个博士学位，但是不会做小学生的作业……这种事并不少见。"

虽然从来就是 C 等生，但如今已是事业有成的爸爸，当然忍受不了这样的侮辱。这不是哪壶不开提哪壶嘛，为此，他和妈妈大吵了一架，然后就往妈妈身上扔了枕头。

　…………

　　最后妈妈说："好吧，我不想和你讨论什么反应过分不过分的问题，我饿了，你慢慢烤鱼吧，我自己下馆子去了。"——说不定她和人早就约好了。

　　妈妈走后，爸爸问我和戴安娜："你们觉得热狗怎么样，其实我挺爱吃热狗的，我在大学的时候，几乎天天吃热狗。"

　　热狗也曾经是我最喜欢的食品。

　　每逢奶奶和爷爷来访，妈妈总要请他们去法国饭店撮一顿，再不就是爷爷和奶奶请我们撮一顿。

　　记得他们第一次带我们去法国饭馆的时候，还让我们换上比较正式的衣服，这对戴安娜来说是正中下怀，对我可就是添乱。

　　到了那儿，我和戴安娜一人点了一份热狗，那个饭馆的侍者竟然回答说，没有这道菜。

　　我和戴安娜立马就闹了起来，一个馆子，还是一个法国馆子，居然没有热狗这种是人都知道的食物！

　　法国人是不是太土了?!

　　然后奶奶给我们一人点了一道莫名其妙的菜，据她说都是那个馆子的招牌菜。我们不管什么招牌菜不招牌菜，什么法国馆子不法国馆子，我们认为世界上最好的馆子，就是卖热狗的摊子。闹得侍者只好打电话给热狗摊子，给我和戴安娜叫了一份外卖。

　　我和戴安娜的热狗，也用银盘子盛着、银盔罩着，给我们送上来了，法国餐馆嘛！

　　我和戴安娜很快就吃完了我们的热狗，爷爷奶奶和爸爸妈妈，却为那顿饭花费了差不多三个小时。

　　我和戴安娜实在无聊，就在各个桌子底下钻来钻去，把餐桌上的酒杯、餐具撞得叮当乱响。

认为我们的品位要从幼年开始培养的爷爷，直到回家后，还觉得晚餐的饭菜，在他的胃里跳来跳去。都是让我们闹腾的，他说。

谁让他们非要带我们去那个法国馆子呢！

妈妈说："早就说过，他们只合适去热狗摊子，或'星期五'餐馆那样的地方。"

她最欣赏的就是：结果她是正确的。

我们也不指望爸爸能做出什么美食，从我能吃饭，而不吃儿童食品之后，记忆里爸爸能做的大菜就是烧烤。可是至今，每次烧烤，他还得拿出菜谱，看了又看。那本菜谱，经过多年的"烧烤"，已经烂得不成样子。

或许，有些人一辈子都离不开书本。但我想，爸爸的记性这么不好，真可能和他是 C 等生有关。

好比我们去华盛顿旅游，爸爸又是买地图、又是准备四季衣服，就像我们要去的，是从未去过的阿拉伯。

其实爸爸不知道去过多少次华盛顿了，那次再去主要是为了让我和戴安娜看看航天博物馆、间谍博物馆，还有国家档案博物馆，在那里，我看到了美国独立宣言的原件！

而间谍博物馆，太有意思了！

可是没走两分钟，爸爸就要查看一次地图，妈妈就偷着乐，说："你怎么看上去像个从中部来的'红脖子'？"

当爸爸最后在咖啡馆里丢了那张地图的时候，我们都很高兴。

之后，我们就比他拿着地图的时候，更加容易地找到我们想去的地方，包括华盛顿那个有名的爱尔兰小饭馆。

当爸爸的地图没有丢失的时候，我们按照他的地图，拐来拐去也没找着。

妈妈指给我们看一张桌子，她说："那张桌子，就是当年肯尼迪总统向杰奎琳求婚的地方。"

我看了看那张桌子，也没看出什么特别之处。戴安娜说："我希望将来有人向我求婚的时候，我就坐在那张桌子上。"

我问爸爸："是不是所有的男人求婚时，都要跪下？"

爸爸说："差不多。"

"你给妈妈跪下了吗？"

"对不起，这是个人隐私。"

妈妈说："你从哪里知道求婚还有这么一个细节？"

"电影上啊。"

有关烧烤的那道菜谱，连戴安娜都背下来了。有时爸爸说给我们做烧烤，他刚戴上围裙，拿出那个翻烂的菜谱，戴安娜就说："爸爸，不用食谱，我知道应该放什么作料、放多少，还有多少克的牛排，需要腌制多久、烤多久。"

戴安娜在烹调方面，确实有天才，她对烹调的兴趣，远远比对家庭作业的热情高。从来不用妈妈请求，只要妈妈在厨房刚一开始大动干戈，她准上去帮忙。

妈妈不在家的时候，她几乎就成了家里的大厨，虽然看上去像是爸爸在掌勺。而他所谓的掌勺，不过是在一旁做安全保卫，看着火候，别让戴安娜烫着或出危险而已。

可是现在不同了，除了热狗，我知道世界上还有很多好吃的东西。

我们能说什么，如果我们自己会做饭，情况就会是另一个样子。

幸亏我们刚才吃了一盒巧克力，肚子里有了底儿，给了我们可以挑三拣四的机会，不然爸爸肯定就能用热狗把我们打发了。

我说："咱们能不能换个花样？"

戴安娜则嚷嚷说："我恨热狗！"还用她那双米老鼠似的大脚，照着爸爸心爱的冰球杆，狠狠地跺了一脚。

爸爸只好打电话给匹萨店，点了个大号匹萨。第二个电话呢,就是打给他的好朋友吉姆,然后就拿张报纸,进了厕所。

我一看他进了厕所,就知道那将是一个不短的时间。如果送匹萨的来了怎么办?于是我"嘭"的一下踢开厕所的门,爸爸痛苦地惨叫一声:"嗷——"

我还以为那扇门不是撞在墙上,而是撞上了他的脑门。

"出了什么事,爸爸。"

"请你出去,并且把门关上。"

"为什么?"

"这是私人空间。"

"可是我和戴安娜拉屎的时候,你和妈妈经常出出进进,或是干脆就待在厕所里,干你们要干的事。"

"那是你们还小的时候,我们得帮你们擦屁股……如果你不健忘的话,有次带你去游乐场,你突然要拉屎。刚刚蹲下,眼睛憋得通红,看样子马上就要拉出来了,凯瑟琳来了,你只好提着裤子站起来。等她走了,你才蹲下去继续解决问题,谁知道她又返回来了,你又提着裤子站了起来……你倒说说,为什么你不能当着凯瑟琳的面儿拉屎……"

我只好走出厕所。

可我还没有问爸爸匹萨来了怎么办呢,便又一脚踢开厕所的门。

爸爸说:"你怎么又进来了?我没法不长期大便干燥!早上起来赶着上班,上班的时候忙得无暇顾及,下班回家又没有一个私人空间……"

我真不明白,一个人拉不出来屎和别人有什么关系。

"爸爸,爸爸,待会儿送匹萨的来了怎么办?"

"让他等一会儿。"然后他就把我推出厕所,稀里哗啦地把厕所门锁上了。

马上,我听见马桶里"扑通"一声巨响。

还说他长期大便干燥呢!

如果我拉出这么大的一条,我会非常自豪,从前我常常和戴

安娜进行攀比。她得意地对我说："我拉了一个妈妈,还拉了一个baby。"谁知道她说的是真还是假,说不定是吹牛呢。

可是现在呢,戴安娜倒教训起我来了,那天晚饭吃到半截的时候,我说:"我要拉屎。"

妈妈说:"我们不需要这么具体的资讯。"

戴安娜说:"你为什么不说去洗手间呢?"她以为她现在吃饭闭上了她的大嘴,就是淑女了!

不论如何我为"长期大便干燥"的爸爸感到高兴,便在厕所门外高声喊道:"爸爸,你拉出来啦,听上去是很大的一条呢。"

"噢,天哪,我不想和你讨论这样的问题。"

吉姆来得很快,几乎和匹萨同时来到,爸爸给我和戴安娜每人取了一块匹萨,放在纸盘里,又倒了果汁给我们。

如果是爸爸安排我们吃饭,大部分不使用正式的餐具,这很受我和戴安娜的欢迎,如果是妈妈安排我们吃饭,我们就得坐在桌子旁,整个就餐期间不能离开桌子,不停地听她对我说那句同样的话:"小心,别打翻了杯子。"

对此我也不能抱怨什么。妈妈这样叮咛,和我每餐必然碰翻牛奶杯或装果汁的杯子有关。不过姥爷说我现在已经有了很大进步,并不是每餐必然打翻一个什么饮料杯子了。

再不就是请你闭上嘴;或喝汤的时候请不要出声音;或别乱拧你的身子等等……

爸爸和吉姆边喝啤酒,边吃匹萨,边聊最近的橄榄球赛事。

吃完匹萨,戴安娜看电视去了,我留下来和爸爸、吉姆一起聊天,我对爸爸和吉姆说:"很多男孩儿都说长大了要和自己的妈妈结婚,我可从来没有这样想过,尽管我很爱妈妈。"

吉姆和爸爸对视了一眼,说:"你看起来好像很聪明。"

爸爸叹了口气说,"不过谁让她那么可爱呢。"

四

不知道谁想出来的点子,我们学校的活动特别多,据说它是这个地区最为活跃的学校。

几个月前总统竞选的时候,学校也进行了一项类似的演练,让我们对那几个总统候选人,进行模拟投票。尽管我们的选票狗屁不顶,可是还得正儿八经地选择自己赞成的人。

老师说,这是对我们的民主意识和民主生活的训练。

我们学校经常进行类似的教育,据说这是有历史传统的,我想可能正因为如此,爸爸和妈妈才把我们送到这所学校里来。

这不,戴安娜又要去"游行"去了,说是为了纪念历史上那个著名的独立日。为了这次游行,她准备了好几天,首先是代表造反一方的那套红袍子。

只有她这种抠门儿的人,才想得出那种馊主意。她在她那堆破东烂西里,搜罗出一个大红纸袋。我记得,那个纸袋是圣诞节后的处理品,降价75%,也就是说这个纸袋,她才花了不到一块钱,我当时问她:"圣诞节都过去了,你买这种东西有什么用?"

她说:"明年你就不过圣诞节了?"

她总是在各种各样的节令后,缠着妈妈或是阿丽丝,带她到各个商场去捡便宜货,攒起来留作下一年的节日礼品。在这一点爱好上,她和阿丽丝可以说是臭味相投。

这些减价的剩余物资对她来说也是宝贝,别看她储存了这么多应景的物资,到了,可能还会把自己用过的东西当礼物送人。那年圣诞节,她送给爷爷一个花里胡哨的笔记本,爷爷刚打开包装,还没看礼物卡上的签名,就说:"谢谢你的礼物,戴安娜。"

还用看签名?除了戴安娜,谁能把用过的东西当礼物送人?!

她和女孩们一起去游泳,买了饮料后,店家忘记找零。谁也不好意思去要,戴安娜去为大家要了回来。

这不,还没等到明年圣诞节,那个大红纸袋就派上了用场,算她有先见之明。

妈妈说:"如果你做家庭作业也有这份能力就好了。"

为此,戴安娜又张开大嘴,"嚎啕"了几下。我只能说是"嚎啕",不然那么大的声音,用"哭"来说明是不到家的。到学校后,我把如何运用这个词儿的想法,告诉了文学课老师,老师却没有表扬我,只是微笑着说:"我儿子也经常这么干。"

戴安娜又在那个大红纸袋上端,挖了一个窟窿,恰好钻进她的头。她套上那个红纸袋后,耷着两只手往那儿一站,活像一个木偶。还说:"这就是我作为造反方的红袍子。"

不过这件所谓的红袍子,肯定会让她与众不同。

然后又在 google 上查找那个时代的食物,据她说,仅制作当时食物这一项,就能为她的历史课加上五分。

她的历史课不怎么样,不过她的烹调技术尚可。要是我的历史老师,也能把不论足球、橄榄球,还是冰球的得分,都算到历史课的分上就好了,有这几项球类运动的加分,我的历史成绩绝对不会那么糟。

投票之前,我问过妈妈——并不是我不尊重爸爸,谁让他总不在家,就是我想向他请教,也找不着人呢——"你打算投谁的票呢?"

其实我不应该问这样傻的问题,我早就知道她的倾向,她肯定会投奥巴马的票。

与其说我是问妈妈,不如说是问自己,因为我知道爸爸肯定会投麦凯恩的票。

因为妈妈说:"从你爸爸很少注意把可以回收的垃圾和不能回收的垃圾分放的行为,就可以知道他的政治取向。"

反正我知道爸爸喜欢布什,他对妈妈说:"想当初人们也像欢迎奥巴马这样欢迎布什……如果没有布什，还不知道要发生多少次911呢。鼠目寸光、只看眼前、感恩之情的缺失……都是人性的弱点。看吧，要不了多久，人们就像抱怨、指责布什那样，开始抱怨、指责奥巴马了。"

什么叫人性？为什么人性要有这样的弱点？难道我将来也必须如此吗？

不过我想爸爸说的这些，真比垃圾的分类更重要。

对911，我好像还有点印象，那个时候，每个人都像失去了亲人般的沉痛。爸爸的书橱里，现在还保存着那个时候的报纸，他说，我们现在还不能看那些报纸，因为太过残酷，等我们长大了再看。

我们每天不是都在长大吗？什么时候才算长大，截止日期在哪儿？

不过现在，除了爸爸，我再也没听见谁还提那件伤心事了。

目前，我还不太懂"垃圾回收"和选谁做总统有什么关系，妈妈所有的话，都像比较复杂的数学题，绕来绕去。

妈妈回答说："不要管爸爸投谁的票，也不要管我投谁的票，你自己想投谁的票，就投谁的票。你当然不愿意自己的脑袋成为别人主意的仓库，即便那个人是上帝也不行，是不是？"

最后我投了奥巴马的票，因为他长了一身运动型的肌肉，我猜想，他一定喜欢运动，而我也喜欢运动。

可是不久，我就在电视里听到奥巴马的对手，也就是麦凯恩选举结束后的演讲。

爸爸边看电视边对我说："麦凯恩当过兵、打过仗，是一个英雄，一九六七年在北越上空执行轰炸任务时，飞机被越南航空部队击落，他被俘后受到长达五年的囚禁。当越南人知道他的背景后，劝说他如果承认美国的侵略罪行，就可以被提前释放。但他拒绝这样做，说是要和其他美军战俘同甘共苦……"

妈妈立刻接茬说:"这要分开说,侵略就是侵略。拒绝提前释放的机会,和其他美军战犯同甘共苦,自然是品格高尚。"

妈妈多少和爸爸有些不同,虽不是事事如此,但也属于经常。这也是他们吵架的原因之一。

上个周末他们又拌嘴了,为的是大家开一辆车、还是两辆车,或是乘火车到市里去。如果乘火车去,妈妈的落地长裙如何是好? 也许应该带一只箱子,到了旅馆再换正式的晚礼服?

你记得我说过,他们几乎没有一个周末不去参加 party。

就为这件事,他们从早上争论到下午,后来还是爸爸让了步,说:"我们能不能像成年人那样,好好谈一谈?"

如果一个人脑袋顶上的头发都快掉光了,还说"我们能不能像成年人那样谈一谈",我什么时候才算成年人? 想起这个我就烦,我真的希望赶快成人,那他们就管不了我那么多了。

除了模拟选举之外,各个年级还进行了年级主席的竞选,这倒不是演练,而是实打实的。

威廉在我们竞选年级主席上的表现,让我非常瞧不上眼。

妈妈问我为什么,我说:"他的竞选演说,完全是照抄奥巴马的,还得到许多人的赞美。那些人肯定没有认真听过奥巴马的演说,如果认真听过,就不会这样赞美他了。这么说来,学校对我们的民主意识和民主生活的训练,真管用吗……还到女同学那里拉选票。"

"那你对竞选年级主席有什么想法?"

"我对当个什么东西没兴趣。"

"因为你没兴趣,就对竞选有看法? 可是哪个想当头儿的人不拉选票? 奥巴马也得拉选票。"

"我对奥巴马没有意见,对想当年级主席的同学拉选票,也没意见,我只是觉得一个人抄袭别人的智慧,没什么值得骄傲的……为什么大家没有觉得这样做不好? 而且点火柴那件事,就是他嫁祸于我的。"

"原来,你反对他并没有什么正当的道理,只是因为他曾经嫁祸于你?"听得出来,妈妈不高兴了。她一不高兴,声音就变得阴阳怪气。

"不是,当然不是。"

不过那件事我至今不忘,不是我鼠肚鸡肠,而是因为那是不能原谅的一种行为,不管是不是对我来的。

上科技课之前,威廉对我说:"你恐怕没有勇气划着一根火柴。你敢试一试吗?"跟着,就对全班的同学做了一个鬼脸。

"来吧,伙计。"

"来吧,嘿,来吧。"不少同学也跟着起哄。

的确,我从来没见过火柴,更没见过火柴如何点燃,或是燃烧的样子,可是我不能在这么多"鬼脸"面前退却。

于是我鼓足勇气,划了一根火柴,而且居然点燃了……原来这也没有什么难的。

同学们立刻欢呼、鼓掌、吹口哨,从他们的欢呼中,我猜想,他们当中很多人也像我一样,没有点燃过火柴。从此,他们可能也会像我一样,试着点燃一根火柴,甚至试一试我们缺乏自信的事情。我为自己做了这样的事而自豪。而且从此以后,我知道,对我们不甚了解的事情,是可以试一试的。

正在这个时候,上课了,老师进来了,虽然火柴已经熄灭,可是那股味道仍然弥漫在教室里,没能及时散去。

老师说:"请问,我能知道吗,这是谁的实验?"

威廉立刻出卖了我:"是詹姆斯。"

我也没客气地说出了事实:"是威廉让我干的。"说罢,我还巡视了一下全班的同学,看看谁敢撒谎。没有,没有人敢撒谎,可以说,几乎每个同学,都参加了煽乎我点火柴的事。

回家以后,我把这件事告诉了爸爸、妈妈,爸爸说:"你只能回答说有人让你这么干的,而不应该说出他的名字。再说,就是有人点燃了火柴,想逃避是逃避不过去的。"

我说:"我不同意。"

爸爸说:"为什么?"

我说不出为什么,只是觉得他很不够意思,总而言之,这件事使我明白,这样的人绝对不能做朋友。

妈妈说:"我也不同意。对一个出卖他人的人,是不能以礼相待的。他在出卖詹姆斯的那一刻,就不是他的朋友了。对一个不是朋友的人,我们没有义务为他承担任何不幸。不过,你为什么让别人控制自己的脑袋呢,这个问题我们已经谈过多次了,是不是?"

当然谈过。真的不好,很不好,我是说我自己,为什么老犯同样的毛病?

爸爸说:"那么由谁来承担责任呢?在责任面前,谁也不能推却属于自己的那一份。"

妈妈说:"这里有法律责任和道德责任的区别,尽管我们不得不遵从法律,然而法律毕竟是狭窄的。"

在我听来,好像他们俩都有理。可是爸爸又没词儿了,也或许他根本就是让着妈妈。他最喜欢的形象,就是"绅士",为了这个"绅士",他只得经常让着不那么绅士的妈妈。

接着,爸爸岔开了话题,说到什么民主党、共和党……可我还是不懂。

但正像爸爸说的,所有这些,我长大以后肯定会懂。

不过我听懂了麦凯恩的演讲。他说道:"……一个多世纪前,一九〇一年,老罗斯福总统第一次邀请一位黑人学者布克·华盛顿到白宫进餐,受到了很多人的唾骂,但是今天,那种残酷而可怕的偏见已经远离我们,奥巴马当选总统,就是这个进步的最好证明,他为自己和他的国家做了一件大事,我为此向他祝贺……我们国家正面临着巨大的困难,我向他保证,我会帮助他,为带领我们走出这一困境而鞠躬尽瘁……

"这场竞选,过去是、将来也必定是我生命中的荣耀,我对这一经历,对美国人民在决定他们把今后四年治国的荣誉,交给奥

　　"你一吹小号，就像是在放大屁，'砰——、砰——、砰——'一下、一下，间隔很长，好像一直在考虑，还要不要再放一个。"（p.054）

巴马参议员和我的老朋友拜登之前,所给予我的公平听证,充满感激之情……今夜,比任何一个夜晚,都让我对这个国家和他所有的公民,充满热爱,无论他们支持我,还是支持奥巴马参议员。

"我衷心祝愿他,我从前的竞争对手和即将成为我的总统的人,一切顺利……美国人,不要在目前的困难面前垂头丧气,要坚信美国的承诺和伟大,因为,在这个国家,没有什么是不可战胜的……"

演讲会上,麦凯恩还多次制止了自己的支持者对奥巴马的嘘声。

我当时就明白了文学课上总也不明白的一个词儿:感动!

一个失败者的演讲,却让我感动得快要流泪了,这是我直到目前为止,最为正经的眼泪。

谁说失败的人就不是英雄?

我有点后悔,当时为什么不选他?后来明白,我就是投他的票,我们的票也没有效啊,不过这倒让我明白,将来如果真有了投票的资格,一定不能光看谁的肌肉发达。

我对妈妈说到这些,妈妈却云山雾罩地回答说:"对人对事,我们首先是相信。然后,是留心那个人是否说话算数,以及那件事的真假。"

这是哪儿和哪儿啊!

我说:"这个技术可太不好掌握。"

妈妈说:"……就是成年人也不好掌握,可这就是人生。"

上个月的活动是向家长募捐。

为了让他们觉得自己的捐赠确有所值,走廊里到处是展示区,展示着我们在学习、比赛、绘画、音乐等等方面的成就,而每一项展示栏里都可以看到我的踪影——不好意思,其实我不是一个喜欢表现的人,但事实如此。

同学们的父母差不多都来了,他们站在我的绘画前面,不知道为什么大笑不止。我也不知道有什么可笑的,我又不是毕

加索。

我那幅绘画的题目叫做《我的未来》，当然画的就是我：戴副眼镜，头发向上呲着，眼睛底下两个大黑眼袋儿……你知道，就是爸爸星期日早上起来的那个样子。

他们一边笑一边说："这可真是詹姆斯的未来。"

或是："其实，孩子们的观察力无与伦比。"

或是说："詹姆斯只不过有那么一点儿眼袋儿，不过长大了就会变黑，也会变得像他爸爸那么大。"

家长们差不多都是我们的邻居，对我爸爸可以说所知甚多。

当然，他们也在另一个展示台前，看到了我值得骄傲的成绩。最近我们班参加了全国同年级的"语言艺术"（也就是词汇的反义、对比、相近、配对）比赛，我们班在比赛中夺得了全国第一，而我，据文学老师说，在这次比赛中"做出了重大的贡献"，二十道题我答对了十八道，最为精彩的是：镇上的报纸，还刊登了我的照片。我也奇怪，我的临场发挥总是特别好，比平时难以想象的好，包括球赛。

几个老师立马对我另眼看待，这反倒让我不太舒服。

那天的报纸还是艾克斯的妈妈送来的，而不是我妈妈发现的。

爷爷来访的时候，爸爸给他看了那张报，爷爷非常郑重地将那张报纸保留起来，在这之前，妈妈不过把那张报纸夹在她那些菜谱当中，放在厨房的台子下，也许她觉得那张报纸，就像她那些菜谱一样珍贵。

这就是我从来不对她抱很大希望，也是我和她非常投机之处。就像我为我们冰球队进入一级队，打进了两个球，但我从来不像有人——比如说戴安娜那样显摆。做了就做了，赢了就赢了，有什么好多说的！

妈妈说："这才是个男人的样子。"

她真的非常"酷"，虽然她总认为我不听她的话，我心里还是很崇拜她的。

五

其实我还是挺喜欢学校的，至少每天的午饭花样翻新，不像在家那样，千篇一律。

经济危机之前，妈妈那个律师事务所，经常征询雇员的意见，"是否需要增加带晚餐回家的服务？"

妈妈回答说："当然，顶好是半成品，否则成品到家就凉了，不好吃。"

事务所还给雇员准备了无污染的水果、牛奶、茶，每周请个按摩师为他们的雇员按摩……

爸爸说："什么是共产主义？你们的律师事务所。"

现在全没了，妈妈只好自己做晚饭。

记得哪一年的圣诞节，爸爸送给妈妈的圣诞礼物，是一本叫做《女人如何进入男人内心》的书。

直到现在，也许两年、也许三年过去，我也记不清了，反正是又一个圣诞节即将来到，那本书还放在厨房的菜谱中间。

顺便说一句，我们家的菜谱是左右邻居里最为全面的菜谱，邻居太太们常来借阅。不论对哪个国家美食感兴趣的邻居，比如越南菜、意大利菜、法国菜、中国菜等等，都能在我们家找到相应的菜谱。

据我所知，妈妈很少翻阅那些菜谱，尽管这些菜谱都是她自己买的。

嗯，不过，也许，圣诞节，或是什么特别的日子，比如我奶奶、爷爷、姥姥、姥爷来访什么的，妈妈就会把那些菜谱从台子下面抽出来，跟爸爸似的翻来翻去地倒腾半天，最后还是以我们最常见的烤牛排，或是烤羊排、烤鱼了结，抹上点儿盐和胡椒，就等着爸爸回来在外面的烤炉上烤一会儿就拉倒。

当他们俩不吵架的时候，他们真是"烧烤"的最佳搭档。

为了表示对家庭的责任，妈妈业余时间甚至报名一所烹饪

学校,每期四课,每课学费六十元。戴安娜跟着去了一次,回来说,她非常喜欢那所烹饪学校,等她长大了,也要像妈妈那样,报名那所烹饪学校。

我问她:"你这样喜欢它,有什么道理吗?"

她说:"每节课都有实习课。"

当然,这对戴安娜不成问题,她本来就有烹饪方面的才能。

我问:"你的意思是,学生都必须亲自操作?"

"不,"戴安娜说,"是亲自品尝当堂学过的那道菜肴。"

难怪妈妈每次从烹饪学校回来,看上去都是那么兴高采烈。可是从来不见下文,我和戴安娜的饭谱还是老样子,星期一是烤鸡翅膀,星期二是匹萨,星期三是意大利面条⋯⋯每周还要重新抄写一次贴在冰箱门上,以提示大家。

阿丽丝说:"您就免了吧,这个饭谱我早就记住了。"

不要说阿丽丝,我和戴安娜也记得滚瓜烂熟,万一阿丽丝忘了,不论我还是戴安娜,都会提醒当天晚饭的内容。

说实话,我巴不得我们谁也想不起来了才好,那我们也许就会有顿非比寻常的晚餐。

所以爸爸经常去看望奶奶,我想,能在奶奶那里吃到热饭,恐怕是主要的原因,并且是他喜欢的口味。

常常,爸爸对着妈妈从日本小店里叫来的寿司说:"这就是我的晚餐?什么时候我才能吃上热饭?"

我们的洗碗池里,也总是堆得像小山头。

这里说的当然不是盘子、碗、刀叉、勺子什么的,盘子、碗、刀叉、勺子可以放进洗碗机,这里说的是锅,大大小小的锅。

阿丽丝总是说,她被我和戴安娜闹腾得经常忘了那些该洗的锅。

我闹腾吗?我最大的嗜好,不是闹腾而是看电视里的球赛,一连看几个小时也不腻烦。

我不知道爸妈为什么只让我看三十分钟,他下班之后如果不看《哈利·波特》,不打高尔夫、冰球等等球,就是看电视里的球赛。可以说我所有的爱好和爸爸有关系,说不定我长大了能当个球员。

奶奶说:"你不想当汽车司机或是搬运工了?"

这都是哪年的事儿了!

而阿丽丝更是随我的便,我和她是两不耽误。我看球赛的时候,她就打电话——是不是,爸爸说得没错,她也是女人——或是上网。

而妈妈总是对着那些该洗的锅,说"先放在那儿吧",然后就没有结果了。

当然,最后是爸爸洗那些锅,不然还能是谁!

爸爸一边洗那些锅,一边说:"我真不敢相信我们家有这么多锅,可是每到做饭的时候,还是没有锅用,我本想再买些锅,可是那样一来,我们的洗碗池就不仅仅是一座小山头,而是乞力马扎罗了。"

顺便说一句,我们家的锅,特别多,厨房里几乎没有地方可以安放那些锅了。

妈妈说:"要不你就别洗,要洗就别抱怨。"

爸爸就无奈地看我一眼,据爸爸说,我们这个家是女权主义沙龙。我不知道什么是女权主义,大概是女人说了算吧。

戴安娜的所作所为就是这样,如果我不同意她的任何哪怕是不合理的要求,她或是大哭大闹,或是恶人先告状。她的哭闹非常地戏剧化,而且说来就来,她的尖叫震耳欲聋,高音 C 对她不过小菜一碟,不知道世界上有没有高音 D、高音 E,如果有,哪怕只有一个,非她莫属。

可是爸爸洗过的那些锅,和没洗之前,也没多大的差别。

每次奶奶来访的时候,都皱着眉头,不知道拿那些锅,如何是好,我的意思是说,她根本不愿意使用所谓爸爸洗过的锅。

有什么能难住奶奶呢,她买了一套大大小小的新锅,并且说:"这是我的专用锅,谁也不许用,我用过之后由我自己清洗。"

对奶奶的这个决定,大家都很欢迎。尤其妈妈,我看见她偷着乐和得闭不上嘴。

爸爸关于我们家是女权主义沙龙的说法，不是没有道理。

这个夏天我们家很乱，阿丽丝的朋友和妹妹来美国旅游，就住在我们家，加上我妈妈和戴安娜，一共五个女人。

爸爸说："我得到谁家去住几天，咱们家简直成了妇女俱乐部。"

尤其在早上，我们家好像成了内衣模特儿的训练所，弄得爸爸不知往哪儿走，我呢，就用手把眼睛挡起来。

奶奶还老说我是问题儿童，我觉得阿丽丝的妹妹才是呢，她没事就坐在马桶上撕手纸。

我三岁以前经常这样做，的确很好玩，拽着手纸的一头，雪白的手纸就在纸轴上滚呀、滚的，一会儿地上就积起雪堆样的一团。可我现在不玩了，连戴安娜都不玩了，没想到又来了一个玩的，而且还是成年人。

她和我们的玩法有点不同，玩完之后，就把手纸塞进马桶，我猜她也有大便干燥的问题，不然她干吗在里面一待那么久！无聊得不得不玩儿手纸。

干燥的大便和那么大一堆手纸，塞进了马桶，马桶能不堵得一塌糊涂？于是我们家就变得臭不可闻。

妈妈不明白臭味来源，以为是从冰箱或是从垃圾桶里发出来的，后来才找到来源，原来来自阿丽丝卧室里的厕所。

她拿了搋子，让爸爸去搋，爸爸拿着搋子进了厕所，只听他大叫一声，退了出来，说："不行，我一定得找个地儿去住几天！"

妈妈又拿着搋子进了厕所，也大叫一声退了出来，然后给阿丽丝写了一个纸条，又把搋子放在了她的马桶盖上。

从此厕所倒是不堵了，可是一到吃饭的时候，就找不到吃的，我不关心别的，那是妈妈的事。可是刚买回来的冰激凌成桶成桶的消失，这对我和戴安娜的打击很大。

我们不得不去冰激凌店吃冰激凌，一去一大车人，阿丽丝开车,她的妹妹坐副座,我和戴安娜坐后座,阿丽丝的朋友坐在我和戴安娜的中间,每当她挤进我和戴安娜中间的时候,真像来了一只火鸡。

而且她们喜欢洒香水,那种香水的味道非常冲,让我感到快要窒息了。我发现,她们这样的女孩都爱洒香水,而且那些香水的味道,非常的"特别"。

还有她们放的音乐,一整天都在铿锵作响、摇摇荡荡,跟她们风行的舞蹈是一个模子出来的,阿丽丝说话、打电话就是这个架势,声音极其高昂,身体摇荡不定。

如果她们不出门,就奔波在楼上和地下室之间,可能她们带的衣服不是很多,旅行嘛,箱子越小越好。所以天天得到地下室开洗衣机。也许因为她们的体型都属于"重型炸弹",上楼下楼,真有麦道飞机起飞的动静;再不就打国际长途回家,在电话上叽叽嘎嘎,说不清是笑还是哭……

只有一样好处,我和戴安娜不必每天再吃"热狗",而是吃她们加了很多蒜和洋葱的家乡食物。

于是,爸爸说走就走了,据他自己说是因为不喜欢蒜味。全家只剩下我一个性别M,忍受着五个女人的折腾。

从这点来说,我真的不喜欢女权主义沙龙。

不论我怎么捂着眼睛不看,可是架不住阿丽丝根本不把我放在眼里,尤其妈妈还没下班的时候,她就穿着内衣在家里荡来荡去,或是就穿着那身内衣,大腿一叉,坐在、躺在客厅的沙发上聊天。

而客厅是我每天放学回家必待一会儿的地方,电视机在那里啊。我得收看电视里的《探索》或是《历史》栏目。

我捂着眼睛对阿丽丝说:"对不起,这很不礼貌,而且我也不觉得你那些东西有什么好看的,请你把衣服穿好。"

阿丽丝就哈哈大笑地说:"你这个小男孩儿!"

我说:"不管你说我是小男孩儿,还是什么,反正我的性别是M,你得尊重我的性别。"

她们肆无忌惮地大声谈笑，也影响我看电视，我非常喜欢《探索》那个栏目，而那个栏目有时需要用些脑子消化，可是她们的谈笑，闹得我根本听不清电视里说些什么……当然阿丽丝的卧室里有电视，我可以到她的房间里看，可是我不喜欢到别人的"领地"去，尤其那样一个乱七八糟、没法下脚的房间。

她们为什么不回阿丽丝的房间大呼小叫？我不能这样发问，因为我们的家，也是阿丽丝的家，她想在哪里大呼小叫，就在哪里大呼小叫，好比戴安娜，我能对戴安娜说，回你的房间尖叫去吗？

戴安娜却好像很高兴，因为她的"表演"有了更多的"观众"，也不知道她们真的喜欢戴安娜的"演出"，还是出于鼓励，总可以听见她们发出的各种各样高声的回应，反正我们也听不懂她们的语言。

戴安娜还把她的衣饰一一地穿戴给她们欣赏，她们抚摸着戴安娜那些衣饰时发出的赞美声，绝对比看戴安娜表演时真诚。

阿丽丝当然不在乎我的抗议，因为她这种行为，不能算在对我和戴安娜照顾不周的范围之内。

我实在不愿意待在这个到处是不穿衣服的女人的家里，放学以后，只好放下书包，跑到艾克斯家里去，我的家庭作业也只能等妈妈回家再做了。

我打电话给爸爸，让他回家。他说："我可不愿意回去拿撅子撅马桶……这些事你还是跟妈妈说，她不是统管这些事的吗。"

我跟妈妈说："你们再这样，我真的要自杀了。"这回我说要"自杀"，可不是开玩笑了。

妈妈这才知道发生了什么事，她跟阿丽丝好好谈了谈，无论如何在孩子面前要有一个楷模意识等等，我的处境才有所转变。

好在阿丽丝的妹妹和朋友，不能一辈子待在别人家里不走，我再忍忍也就过去了。

这是我头一次尝到"忍"的滋味，真的不太好受。

我不再埋怨爸爸，也不再认为他不礼貌。能有一个人逃离出去，总比两个人都在家里受罪好。

第 三 章

一

我说了，从心理医生那里回来之后，我也没闲着，经常琢磨我的所谓种种"异常"举动，到底是受了谁的影响。

先说丢三落四的事。

在我们家，最丢三落四的人绝对轮不到我！最能忘事儿的人，也轮不到我。说来说去，丢三落四和忘事儿应该算作一档子事。

冬天我们到佛罗里达旅行，爸爸转脸就忘了旅馆房间里的保险箱密码。

他和妈妈两人，一筹莫展地站在保险箱前，爸爸又是一脸无辜地夅着他的两只大手。我这才发现，他那两只大手给人的印象，并不亚于他那对招风的耳朵。

妈妈站在一边提示说："詹姆斯、黛安娜的生日？我们的结婚纪念日？咱家的门牌号……"爸爸除了摇头，什么也想不起来。

看着爸爸那副和明白人毫不沾边的样子，妈妈拿起游泳衣就要去游泳，爸爸说："莉丽亚，难道你不需要保险箱里的什么东西吗？"

"我需要什么东西，这个保险箱就能打开吗？"

当他们还在商量要不要给旅馆领班打电话的时候，我三捅两捅，就把保险箱捅开了。

妈妈双手一拍，说："甜心，我简直不能相信这个！"

我认为她这个评价，还算货真价实，比对我那些绘画的评价

高多了。

爸爸更是惊讶得合不上嘴，对不起，他那张嘴也不算小。

姥姥听说这件事后，怪怪地看着我说："我真希望你没有这个能耐才好。"

你知道，我姥姥有时候不那么搭调，否则怎么会那样对待杰夫的赞扬？她还真以为她的萨克斯管吹得不错呢。

每次旅行，我们都得出点事儿。

好比到了地点，爸爸才发现他忘记带上我们的旅行箱，还不是一次两次的事儿。要是我，有了第一次的教训，肯定不会有第二次，就算有第二次，也不会有第三次。

所以我们向"救世军"捐献的东西，不知有多少。凡是在各个旅游地买下的临时的代用衣物，都是爸爸忘记带旅行箱的结果。而爸爸说："谁规定拿旅行箱是我的责任？"

妈妈说："难道拿那么重的箱子是我的责任？"

妈妈这么一问，爸爸立刻显出一脸惭愧的样子，然后就瞪着两只眼睛看着我，好像我应该和他一起分担这份惭愧似的。

从那些衣物上的价格、产地标牌上，就知道我们去过哪些旅游地，可惜我没有攒标识的爱好。而戴安娜对这些衣物也没有兴趣，如果连她这种抠门儿的人都没了兴趣，可想而知，那差不多都是非常简陋，和流行时装毫不沾边的东西。

妈妈就穿着这些临时的衣服，大摇大摆地穿梭在五星级饭店里，就像没看见某些人的白眼，这种本事肯定是来自姥爷的真传。

就算有那么几回，带上了旅行箱，打开箱子一看，不是他的鞋、就是我的鞋，不是一对儿。要是平常穿的鞋，不一对儿就不一对儿，我也不在乎。要是那些不配对儿的鞋，是我必得穿着进行各种不同球类活动的鞋，可就惨了。你能想象，我穿着一只冰球鞋和一只跑鞋去踢足球吗？这么说有点过分，可是那些不配对的鞋，你让我怎么说？

至于他自己对穿不一对儿的鞋有什么感觉,我就不知道了,反正我也见过他穿不配对儿的鞋的情况,无论如何,那些鞋至少比在旅游当地现买的新鞋跟脚。

说到这些不配对的鞋,肯定还是爸爸的事儿。除了冰球运动,妈妈对我们参与其他球类运动,没有多少兴趣,根本别指望她为我们装箱子。

戴安娜过生日的时候,为了筹办她的生日 party,妈妈星期六折腾了一天,第二天,临到客人们就要到来的时候,忽然发现忘了买气球。她本想让阿丽丝去买,可是阿丽丝周末不工作,爸爸自告奋勇地说:"我去吧,你留在家里招呼大家。"

妈妈怀疑地问:"你行吗?"

"难道我连这点事也做不好吗?"

可妈妈还是对着爸爸的背影摇了摇头,不是对爸爸,而是对她自己。

不一会儿爸爸就喜滋滋地回来了,妈妈问:"气球呢?"

爸爸说:"在汽车上。"

"去把气球拿来吧。"妈妈吩咐说。

我就到汽车里去拿气球,左看右看也没看到一只气球。难道我就这么笨吗,连一只气球也找不到?

找来找去,你猜怎么着,几十个气球袋装在一个小纸盒里,也就是说,我们先得把这几十个球袋子充气,之后,才能把它们叫做气球。

我问爸爸:"没有充气机,用嘴吹吗?"

爸爸振振有词地说:"我们不是有自行车充气筒吗?用自行车充气筒充气不就行了。"

"你不知道那是两回事吗?"妈妈哭丧着脸说。

连我都知道,自行车的气筒和气球根本对不上眼儿。

眼看客人们就要来了,妈妈只得请阿丽丝再到商店去一趟,赶快买几十个气球回来,还说:"都怪我,当初就该请阿丽丝去。"

阿丽丝老大不情愿地去了，她一回来就幸灾乐祸地报告大家："商店售货员对我说，'我还问过刚才买气球那位男士，不需要我们为您充气……我料定就得有人把这些气球袋拿回来充气'。"

爸爸毫无歉疚的意思，还说："不是我的错，而是有人连气球这么重要的生日道具，都给忘了。"

自然，他和妈妈又吵了一架。

同样，你永远不要相信我爸爸说的，他会去机场或是火车站接你什么的。他不是不负责任，而是太过热心，常常半路上就把不属于他的责任，揽在他的责任之内，从而忘记了自己应该负的责任。

爷爷生日那天，请了很多客人，其中有我一个表姑姑什么的，人家本来说是自己乘出租车来，爸爸热情地说："不要客气，我去接你，比你乘出租车方便多了。"

表姑姑又客气了几次，可是爸爸一定说要去接，表姑姑也就随他的便了。

爸爸这一去就没了影儿。

宴会开始了，既不见爸爸的身影，表姑姑自然还没到，奶奶问妈妈："汤姆真的去接人了吗？"

妈妈说："一早就走了，想必是接人去了，可是你不要对他存在幻想，我不能担保他会被什么突如其来的事耽搁，也不敢担保他在路上不会发生什么事。"

爸爸回来之后，一问，他果然是一上路，马上就忘掉了他的主要任务。

原因是他看到有人在高速公路上拦车，而且是个女人，那女人看上去病得不轻的样子，看起来她是没法开车了。

爸爸停下车，把女人送到了医院，又打了电话给她的家人和朋友，一般来说，大家都是这么做的。

这不就完事了吗？可爸爸一直留在医院里……

难道医院的医生不比他内行？人家的家人和朋友不比他顶事？当然不是。而是爸爸替人家填写入院治疗那些表格时，得知人家是什么溜冰冠军，而爸爸又是她的粉丝，便留了下来。

他为什么留下来？是想等人家好了，跟人家套套近乎……可惜医生为了止痛，给溜冰冠军打了一针镇静剂，人家这一觉还不知道什么时候才能醒来，再者，人家男朋友赶到了医院，非常客气地对爸爸说："太感谢你了，现在由我来照顾她吧。"

连我都知道，这是请爸爸走人的意思，爸爸只好失望地离开医院，去表姑姑家接人。

表姑姑左等右等也不见爸爸的影子，最后还是乘出租车来到我家。等爸爸赶到表姑姑家的时候，她已经离开很久了。

表姑姑当然迟到了，但她还是赶上了上主菜的时候，而爸爸呢，直到爷爷的生日蛋糕端上来的时候，他还没回来呢。

爷爷很不高兴，认为在庆祝自己这样一个重要的生日的时候，爸爸却为了想跟一个不认识的滑冰冠军套近乎，忘记回来为他祝贺，要知道，那可是爷爷七十岁的生日。

爸爸说："和我崇拜的溜冰冠军相遇，可是个千载难逢的机会啊！"

爷爷说："我这辈子过七十岁生日，也是就这么一回。"

可不是，爷爷再也没有第二个七十岁了。照这么说，我们过的每一个生日，都没有第二回。

当我这么想的时候，嘴里还塞着为庆祝爷爷生日的一口蛋糕，那口蛋糕，于是就噎在了嗓子眼儿里下不去了。

妈妈说："你怎么又瞪着两只眼睛发愣了？"

我笑了笑，是啊，然后又听不见他们说什么了。

…………

至于戴安娜和我小的时候，不得不长时间地捂着湿尿布，也是常有的事。谁让他们带我们出远门的时候，总是忘记带我们的尿布，就像他们不会数数，除了他们自己，还有两个需要换尿布的小不点儿。

哪怕就这点来说，我比他们强得多。每当我的朋友来家聚会，妈妈让我清点人数，以便向餐馆叫外买的时候，我从来没有忘记算上自己。

妈妈说："如果在吃的问题上再忘了自己，还有什么不能忘记的呢？"

你说，她这是说我好呢，还是什么别的意思？但我怎么想都觉得，她这是在为忘记带尿布而辩解。

忘了在哪本书上看到过，忘记算上自己，是一个很通常的现象，这说明，我应该是个不"通常"的人。

直到戴安娜因为不舒服，嗷嗷大叫、两条腿儿乱蹬乱踹的时候，他们还互相问道："她有什么问题吗？"

妈妈摸摸戴安娜的脑门，说："没有发烧啊。"

爸爸还对我说："她是不是在发脾气？"看他那样子，根本不是在和我研究戴安娜闹腾的原因，而是想让我赞同他对戴安娜无事生非的猜测。

戴安娜糊着那个湿尿布实在太难受了，最后自己把尿布揪了下来。爸爸这才说："怪不得我闻到一种怪味儿。"

先不说他们忘记了戴安娜的尿布，就说戴安娜动不动就大喊大叫，我总觉得最后吃亏的是她自己，几乎人人都对她的大喊大叫表示怀疑，而后才会想她有什么问题。

爸爸到英国出差，公司接他去机场的车已经来了，他却发现护照不知哪里去了。他和妈妈楼上楼下找得天翻地覆，还是找不到，幸亏——我是说幸亏——妈妈最后想起，她把家里需要保存的文件和她的首饰，都放到银行保险箱里去了。

爸爸说："你要是早点想起来护照在哪儿就好了。"这回，轮到妈妈无话可说了，尽管这样的时候很少，到底她也有无话可说的时候。

经过他们这一通翻找、折腾，银行已经下班，无论如何当天是无法动身了……

二

不但爸爸健忘，妈妈也好不到哪儿去，可是从我自身利益考虑，我倒这么想，幸亏她是个健忘的人。

每次停车后，我们总会遇到"找钥匙"这个节目。她先是记不住我们的汽车停在哪个字母区了，只好乱找。找了半天终于找到我们的汽车之后，妈妈把车钥匙上的按钮按了又按，钥匙"哔——哔——哔——"地响了又响，就是打不开车门。

她说："肯定是我的钥匙出了问题。"

我仔细一看，原来她准备打开的，根本不是我们的汽车，只是看上去像我们的车。

当然不只限于汽车钥匙，包括我们家的钥匙也是配了又配的好几套。最后，闹得他们自己也搞不清，在那一堆钥匙里，哪串钥匙是现用的，哪一串是被淘汰的。每次需要锁门的时候，他们几乎要把所有的钥匙，一一拿来试一遍。

叫我说，非常简单，把那些淘汰了的钥匙丢掉不就行了。以他们那样聪明的脑袋，尤其妈妈还是耶鲁的 Ph.D，怎么就想不起来这样做呢？

我说："把那些没用的钥匙扔了吧。"

爸爸眼睛看着别处，说："这不关你的事儿。"他们谁也不愿意承认自己错了，是不是？

可也是，这房子又不是我买的。

再不，就是妈妈"哐当"一声，把门锁上了，却把钥匙忘在屋子里。为此，她给警察局打过三次电话，请警察来帮助开门。好在我们家和警察已经很熟，不论因为开车犯规到那里去交罚款，还是请警察来开门，还是因为圣诞节晚上，爸爸被抓进警察局的遭遇——这件事我等一会儿再告诉你。

爸爸对妈妈说："那个负责我们安全的警察，看上去很英俊是不是？"

妈妈说:"当然。"

可我怎么也没看出来,那个肥油篓子怎么英俊来着?

第二天晚上,妈妈就接到一个奇怪的电话,有个男人在电话里说:"猜猜我是谁?"

她说:"对不起,有事请您快说,我正在帮女儿做家庭作业……"

对方说:"我是你过去的一个男人。"

妈妈说:"我的过去很复杂,现在没有时间回忆。"然后,妈妈突然对着电话机哈哈大笑,说:"我知道你是谁了。你不就是那个晚上呼噜打得天下第一响的男人吗?"

钥匙真是我们家的一个大问题。

我姥姥同样有这个毛病,她和姥爷来访的时候,免不了出门,他们经常也会把钥匙忘在家里。姥姥和姥爷倒没有找警察,而是到艾克斯家打电话,准备请开锁公司的人来开门。

可是艾克斯的爸爸约翰说,用不着找开锁公司。然后他就陪着姥姥和姥爷来到我们家,围着我们家前前后后转了转,推了推楼下厕所的窗,居然开了,从法律来说,他当然不便从我们家的窗子爬进我们家。

于是姥爷说:"我来。"

姥姥说:"我来。"

姥姥身手的确不错,而且就像她吹萨克斯管那样自信。两手一撑就上了窗台,说着,上半身一钻就进了窗口,可是她的屁股却卡在窗口里动弹不得。

姥爷使劲推搡她的两条腿,才把她塞进窗户。

我不知道姥姥穿什么号码的衣服,但如果一个窗户都能卡住的屁股,即便那个窗户再小,也足以说明问题。

学校通知妈妈开家长会呢,十次有九次她忘了,还自言自语地说:"今天学校好像有个什么会……什么会来着……"说完,就

我在和妈妈谈心时，谈到了垒球队的事。我说："我知道你不太喜欢我那样不顾一

切地打垒球，其实我热爱垒球，是有原因的。"（p.063）

给艾克斯的妈妈打电话："是不是詹姆斯他们学校今天有个什么家长会,请问你知道是有关哪方面的家长会?"

问题是,艾克斯的妈妈还不如我妈妈,她连学校那天是否有家长会都不知道。还说:"是吗,我怎么没有接到通知?"

后来艾克斯对我说:"我妈妈从来不拆学校的来信。"

妈妈最后不知道是给艾克斯的妈妈吃定心丸,还是给自己吃定心丸,说:"反正没有什么重要的事,如果那个家长会很重要,学校肯定会再次通知我们。"

再说我妈妈跟艾克斯的妈妈不一样,她的确很忙,不管校长多么大惊小怪,动不动就给家长打电话,她也不会因为我一个梦中的想象,或是我的作文,就闹得翻江倒海。

诸如一些小事,她就更不放在心上了:

我早就告诉她,我将为高年级毕业生献花,因此那天早上,我换上了一件比较正式的、带领子的 T 恤,然后对她说:"妈妈,猜,我为什么穿带领子的 T 恤?"

她竟然忘了。只能说:"对不起。"

或是我在学校到了吃点心的时候,打开点心盒,点心盒大张着嘴,里面饮料、食品,一概全无。那她为什么又能把点心盒装进我的书包呢?

到了父亲节那天,妈妈说是为爸爸去买蛋糕,我们一致同意买一只垒球帽造型的蛋糕。点心店那些垒球帽造型的蛋糕上,装饰着全国各个著名垒球队的符号,妈妈却不知道爸爸最喜欢的是哪支球队,还得问我……

甚至发生过这样的事:周末阿丽丝休息,爸爸和戴安娜又到什么地方去了,妈妈只好带我一起去超市。我最烦购物,她说:"那好,我就把你送到图书馆,你在那里等我,同时还可以上电脑、做游戏,四十分钟后我来接你。"

过了两个小时,也不见她的人影,原来她直接回了家,到家放下东西后,她觉得似乎忘了什么东西,后来终于想起,原来是忘了我,这才又转回图书馆来接我。

如此等等。

可以说，我有双倍健忘和丢三落四的遗传基因，我怎么能不健忘和丢三落四呢。

我不能说妈妈对我们不负责任，因为她对自己的事情更为马虎。

那次她从什么化妆品商店回来，一只眼睛黑乎乎的，另一只眼睛很正常。爸爸一惊一乍地说："你不是让谁揍了一拳吧？"

原来她一只眼睛让化妆品推销员做了试验，一只没做。这也挡不住她咯噔、咯噔、昂首阔步，踩着高跟鞋回来了。

据她自己说她属于低胸，在那些需要穿晚礼服的场合，她会在自己的胸脯上贴两块"烤鸡胸脯"——她自己这么说的——但她贴的那两块"烤鸡胸脯"，经常一高一低。有一次参加一个盛大的 party，正和人家跳着舞，她忽然停下来蹲在地上满地乱找。

看她着急的样子，与她共舞的男士问道："你是不是丢了钻石耳环？"也赶忙蹲下来帮她满地乱找。

她说："不，我丢了我的一块炸鸡胸脯。"

你说，那位男士会怎么想？我不知道，爸爸没和妈妈结婚以前，是否也曾经蹲在地上，帮她找过她的"炸鸡胸脯"。

还有一次，因为她打赢了最复杂的那个官司——哪个官司，我不好说，万一哪儿说不好了，对方再找我打官司，虽然我还不到被告年龄，但是人家可以跟妈妈打官司。要知道，对方也是个不好惹的名律师。

为此，国内最大的电视台采访了她。她一回家，就接到奶奶的电话："你没发现你的靴子底儿开线了吗？要不然我也不知道，因为你跷着二郎腿，一个开了线的大鞋底儿，占满了整个屏幕……"

如果有个开了线的大鞋底占满整个电视屏幕，你说，电视台的那个节目，这下是不是更有看头？

妈妈这才低下头查看她的靴子，果然靴子前面大张着嘴。她笑得喘不上气，还说："反正我打赢了最不好打的官司，这就行了。"

据她自己说，还没学会自行车，就敢上街，看见红灯亮了也不会刹闸，一路闯了过去，她到没事儿，把人家司机可吓哭了。

至于经常把 T 恤穿反的事，就别提了。有一次有人好心好意提醒她，说她的 T 恤穿反了，她还说："谢谢，不过这件 T 恤就是这种风格。"

等到回家一看，果然是穿反了，还振振有词地说："谁能说这不是一种风格、品位？其实都是自己说了算。看看那些服装设计师，标新立异、争眼球也是一个出名的快捷途径啊。我是做了律师，我要是做时装设计师，准保走红。"

我相信，像她那样"酷"的人，可不正是眼下最流行的风格。戴安娜说是将来想做服装设计师，我看够呛，就看她那么向往当公主，就是老土一个，走红不了。妈妈说了，谁现在还想当公主！

傻了吧！

…………

问题是他们却总说，我忘记的都是重要的事，比如老师留的家庭作业。我就不明白，难道他们忘记的那些事，就不是重要的事了吗？

关于丢三落四、健忘的话题先说到这儿。我只能说有其父母便有其子，不能说有其父母必有其女。因为戴安娜的记性奇好，我去年借了她一块钱，过了一年，她都没有忘记这笔贷款。当然，我后来还给了她。

而她却经常不把找回来的零头还给妈妈。有时她去商店买个什么，自己的钱不够，就向妈妈要。妈妈问了价钱，刨去她自己那点钱，再补齐她所需要的钱就是。如果妈妈当时没有零钱，就给她一张大钱，让她把剩下的钱还回来。

那可就难了。

我觉得这和她的数学不好有关系。一进一出的，她就糊涂了,总也算不清。到底是妈妈应该补给她钱,还是她应该还给妈妈钱。不过,她怎么净往外糊涂,往里不糊涂?

三

另外,我还得好好想想,不知道吹牛、逞能,是不是我们家的传统?

想当初,戴安娜只不过刚刚能站上滑雪板,就不停地指挥我:"你怎么那么不注意?"我不注意什么了?她也说不具体,假装内行而已。

或是大言不惭地说:"一般来说,我习惯于滑左侧。"

左侧? 我滑雪都滑了一年了,还没敢说我习惯于滑左侧呢。

再不就对我说:"你不要滑得像我这样快。"

…………

这些事我都不想说了,我觉得这么吹牛真不好意思。

包括阿丽丝。阿丽丝说,她滑了一辈子雪。可是到了滑雪场,她连滑雪的靴子都不会穿,还是爸爸帮她穿上的。

很多时候,我还觉得我是爸爸的一个"理由"。

星期天我想睡个懒觉也不行,他一大早就把我提溜起来,还对妈妈说:"今天詹姆斯有滑板训练。"

妈妈说:"要是你对詹姆斯的学习,也这么上心就好了。或许你希望他将来,替你实现那些没有实现的梦想,比如成为某项体育运动的明星?"

爸爸就哀叫一声,说:"莉丽亚!"

我一想,可不是吗,爸爸从来没有关注过我的学习。

虽说我不喜欢早起(你说说,谁又喜欢早起),我这个人还有个毛病,但凡各类体育运动,只要一玩起来,马上来神儿。我只能说我"还"有个毛病,因为我也不知道,自己到底有多少毛病。

所以每当我说不想干什么事儿的时候,妈妈老说:"等一会儿再说你不喜欢也不晚。"她可真是了解我,结果老是被她说中。

据说为了陪我进行滑板训练,爸爸又花不少钱,给自己也买了一副,按照妈妈的说法是"也许只用三次就不会再用的滑板"。

"反正詹姆斯可以接着用。"他很自信地回答说,这么说的时候,还没有眨巴眼儿,这对他真不是常有的事。

这个理由还真是个理由,看不出是瞎编的,实在让妈妈说不出什么。确实,过不了两年,我非得再买一个,无论长短、宽窄都得更大的滑板。就像我那些滑冰鞋一样,每隔一年,就得买一双号码更大的。

对于爸爸那么老的人来说,滑板可不是个好对付的事儿。我不知道,是不是我老了以后,也像他这样,对于自己的岁数没有概念,总以为自己是永远的十六岁?

我那位滑板教练也跟爸爸一样,"总以为自己还是十六岁",对于如何掌握滑板的平衡,讲得头头是道,可是一飞起来,自己就先摔晕了,那时他就会提前下课。

还没等教练讲完如何在空中掌握平衡,爸爸就很内行地站到起点上去了。就跟他滑了多年滑板似的,站在那里又伸胳膊又蹬腿的。可不,光看他站在起点上折腾来折腾去的样子,谁也不能怀疑他是新手。

不过听不听教练的也就是那么回事,不然教练自己怎么就先摔晕了?

爸爸攒足了劲,向下坡冲去,然后又奋力向上腾起,一切都很顺利,看上去还真不赖。

看着爸爸那个奋力向上腾起的身坯,这才觉得他真是个庞然大物,这样的庞然大物,着实应该有那么大的两只招风耳朵,和经常爹着的两只大手。

那样一个庞然大物飞在空中,真有一艘航空母舰上了天的感觉。可是这艘航空母舰,为什么不老老实实待在海里,也跟飞

机一起上了天呢？

突然，爸爸那费劲挺着、向上仰起的身坯，像一只中了弹的巨鸟，闷闷地从空中"扑"的一声落下——我还有什么可说！

当他从雪地上爬起来后，简直变成了一个巨大的雪人，或说是一个巨大的、站着的雪堆。

他的脸被厚厚的雪罩着，两只眼睛，在雪堆后的两个黑洞里闪烁。看样子他是脸朝下摔下来的。我估计他在空中的第一个翻身，就因为不能掌握平衡，所以就脸朝下地摔下来。

然后从那个站着的雪堆里，发出闷闷的一声："我的眼镜呢？"没等我回答，这个雪堆就蹲下来在雪地里瞎摸。

我明知这样瞎摸是摸不着的，漫山的厚雪，上哪儿摸去？谁又知道他从空中掉下来的时候，是在哪个角度上把眼镜甩掉的？如果连个大致的方向都没有，这么瞎摸，真像文学课老师说的那个词儿：大海捞针。

可是我又不好这么说，我知道大人的自尊心，比我们的自尊心重要，如果有人像教训我和戴安娜那样教训妈妈或是爸爸，他们非急眼不可。他们急眼和我们急眼不同，我们急眼顶多大哭一场，而我，可能连哭都不会哭，只能讪讪地走开。

而且我还有这样的经验，明明知道大人们是错的，或他们的意见根本行不通，可因为他们是大人，他们就好像包知天下所有的事，容不得我们发出质疑，或提醒他们这样做不行，我们不得不跟着他们的意思做，也就是跟着他们错下去。

再说，没了眼镜他怎么下山呢？我只好抱着万一能蒙上的心理，跟着他瞎摸。

不过他为什么不戴他的隐形眼镜？难道他小的时候，奶奶没有提醒他，运动的时候，应该戴隐形眼镜？想起妈妈说的，爸爸是奶奶直接送到她这里来的，也有一定的道理。

我们找呀找的，找了半天，忽然我抬头一看，发现眼镜就在爸爸的额头上挂着。我说："爸爸，你的眼镜不就在脑门儿上挂着吗？"

他伸手摸了摸眼镜,自己也笑了。

一定是当他脸朝下从空中摔下来的时候,把眼镜搓到额头上去了。

可他的斗志非常之高,找到眼镜之后,又站到起点上去了,然后一而再、再而三地,脸朝下地从空中摔下来……

最后我都怀疑,他是让我进行滑板训练,还是他自己想玩儿?

我可不想让人老打着我的旗号!

第二天爸爸又说:"今天咱们还得去滑滑板。"

我知道这是他自己想滑,可是我很累,真不想去了,但我不好意思跟他说。

爸爸到地下室去拿滑板的时候,妈妈对我说:"你已经大了,可以有自己的意愿,也可以说'不'。如果这个意愿是对的,谁也不能勉强你,爸爸也不能。如果你表示了自己的意愿,爸爸仍然勉强你去,而你又不好意思说的话,我可以替你跟他说。"

我说:"不,我自己说。"

爸爸从地下室上来后,我对他说:"对不起,爸爸,我今天不想去滑滑板。"爸爸只好自己去了。

这是我第一次按自己的意愿办事,不是爸爸让我干什么我就干什么。我很满意自己能这样勇敢。

妈妈说:"这很正常,你们总会长大,而且每一个人的意愿都不尽相同,如果自己的意愿是对的,就要把它勇敢地表示出来,永远都应该这样。"

我喜欢她这么告诉我。

然后妈妈就带我和戴安娜去看电影,买完电影票之后,还有一个小时电影才开演,妈妈说:"你们愿意去逛逛商店吗?"

不用问,这恐怕是戴安娜的最爱,在这一点上她和妈妈有共同的嗜好。爸爸却说,这是所有女人的通病,不过目前我还不能同意他的意见。我才认识几个女人?算上戴安娜,我才认识姥姥、奶奶、妈妈和阿丽丝这五个女人,姥姥和奶奶是不是爱逛商店,

我还不太清楚。我只知道姥姥喜欢吹萨克斯管,而奶奶喜欢研究心理学。

进商店之前,妈妈给我和戴安娜约法三章:"你们每人只能选一样东西,而且那件东西不得超过十块钱。"这就是有个律师妈妈和不是律师妈妈的不同。意思是,谁也甭想算计过她,早就把你限制在不可能犯规的范围内了。

我马上同意。戴安娜也同意了,不过我知道,她只要一进商店就不是她了。

那是一家品牌店,我想,要找到十块钱以下的商品,几乎没有可能。我呢,也就没什么目的地随她们瞎逛,不像进运动品商店,我可能会给自己挑双运动鞋什么的。

谁知道商店大减价,十块钱以下的东西比比皆是,我想妈妈一定没料到是这个局面,不然她会规定,我们只能选三块钱以下的东西。

而且戴安娜马上食言,一眼就看上一双粉红色的靴子,二十四块钱。

妈妈说:"不行。只能按约定好的规矩办,而且你事先是同意了的。"

按照妈妈的说法,同意就是一个没有纸质文件的合同,可能比纸质合同更显人的品格。

戴安娜没话可说,这个约定的确是她自己事先同意的,可是她马上咧开大嘴就哭。不过这可难不住妈妈,妈妈说:"我们不是说好了只能选择十块钱以下的东西?你要是哭,下次我就不带你逛商店了。"

这也是妈妈对我惯用的伎俩,她认为我不听话的时候,经常就把许愿给我的礼物取消。目前,我那把电吉他算是没有指望了。

"你看詹姆斯,他只选了一件四块多钱的西装。"

可这不能和戴安娜的闹腾相比,我选那件西装不是因为坚守十块钱以下的标准,而是因为我对穿什么东西没多大兴趣。比如我根本不在意那件西装的号码对我是不是合适，我注意的是不违反规则就行。

那件降价的西装是十号，我至少可以穿它两年。

它既可以穿着去饭店吃晚餐，也可以去教堂做弥撒，还可以去看望爷爷和奶奶，总之，是件适合"场合"的着装。你知道，有时我不得不穿这样的衣服。

戴安娜还不甘心地搅和，说："我就是喜欢嘛。"

妈妈说："这个世界上我们喜欢的东西太多了，决定我们要不要收归己有的原因也很多，你必得决定取舍。一双靴子就让你忘记自己事先的约定，等你长大了还要面对很多这样的时刻，难道你都要为一双靴子，或是其他什么诱惑而食言吗？"

那双粉红色的靴子戴安娜倒是没买成，可我不敢担保，她将来不会为什么诱惑而食言。

想不到第二天，刮起那么大的风，把爷爷悬在屋檐下的风铃，都不知吹到哪里去了。像我妈妈那样瘦的人，在那样的风地里，说不定会让那风吹走了。有时我想，要是把舅舅的体重分给妈妈一些，可能对他们两个人都有好处。

可爸爸居然还要带我去滑雪！

结果因为风太大，人家滑雪场不营业，他只好带着我，讪讪地回家。

一进门，妈妈和戴安娜就说："看来我们的决定是正确的。"戴安娜看上去更是得意，她终于和"正确"靠上边了。

我想爸爸是尽量利用我们在爷爷这所别墅里的机会，或是叫做："既然有不花钱的牛奶，为什么还要买奶牛呢。"

爷爷这所地处滑雪胜地的别墅，本是他们用来避暑的，有时候也会来这里休假、滑雪。

现在却成了我们冬天的行营，包括爸爸那些朋友的行营，闹得如今除了夏天，爷爷和奶奶根本就不来了。

　　原因是别墅让我们糟蹋得不成样子，即便爸爸和他那些朋友小心谨慎地不要破坏什么，可像我爸爸那种人以及他那些朋友，能不破坏点什么吗？比起他们来，我觉得我真算得上是守规矩的人。

　　奶奶那个黑色的大理石灶台，让爸爸弄得面目全非。不知道他有什么本事，竟然能把大理石弄得坑坑洼洼！

　　而原来那个光鉴可人的玻璃灶，也让他完全变成了磨砂玻璃灶。

　　更不要说奶奶那些高价买来的卧具，虽然后来奶奶把它们全换成了尼龙制品，但上面照旧洒满可疑的汁液，我估计这都是阿丽丝的杰作。

　　餐厅里的地毯就更不用说了，那些丝织地毯啊！上面全是我和戴安娜，或是爸爸那些朋友的孩子洒的牛奶、果汁，还有各种各样的食物的残骸，你完全可以从地毯上看出来，我们午饭或是晚饭吃的什么，根本用不着像探案片那样，检查什么DNA，或是手指头印、脚印、头发丝什么的……

　　还有奶奶那些细瓷器，让我们碎得再也不能成套。爸爸还振振有词地说："又不是每天生活在这里，何必用这样讲究的瓷器、地毯、卧具？"

　　就算临走前我们都打扫干净了，可我们的打扫怎么能符合奶奶的标准？首先说阿丽丝洗的锅，就跟妈妈洗的锅一样。锅外面，煮饭的嘎巴儿从来没有洗掉过，当然你也可以从饭锅的嘎巴儿上，得知她们上一顿做的是什么饭。

　　妈妈还说："我们做饭用的是锅里，不是锅面儿。"

　　可是她们用的洗涤灵倒不少，每每洗碗，满池子都是浓浓的泡沫，妈妈还指着那一水池的泡沫说："看看，怎么没洗干净？"

　　尽管奶奶说了多次："洗涤灵不洗干净，会致癌。"她们就跟没听见一样，她们认为，洗涤灵越多，越能把锅洗得干净。阿丽丝乐得跟着妈妈的意思走。

　　幸亏有人发明了洗碗机，不然我们用的碗、盘子、刀叉，下场也会像那些锅一样。

有一次爸爸跟大家聊天的时候，跷着椅子前腿，往后仰着坐，咔嚓一声，就把奶奶那维多利亚式的椅子后腿儿坐折了，自己还摔了一大跤，后脑勺在边柜的角上磕了一个大包。

奶奶说："你都多大了，还这样坐？"

爸爸说："不是我多大了，而是椅子太老了。"

照比爸爸，我觉得我对他和妈妈来说，真算得上是言听计从的好孩子。

…………

我能想象得出，奶奶看到这些情况之后，如何龇牙咧嘴地摇脑袋。

爷爷说："看来我们的遗嘱，只好提前兑现了。"

这座别墅，是爷爷留给爸爸的遗产之一，意思是：如果将来爸爸死了，我和戴安娜就是它的主人。

…………

反正，我们越来越少地在这所别墅里看到奶奶和爷爷的足迹。当然，别墅里那些精致的东西，也越来越少了。什么东西能经得住这样的折腾？取而代之的，连我都看得出来，都是些临时性的、粗制滥造的东西。

不，如果我将来有了自己的家，我可不希望使用这些粗制滥造的东西。那些东西，真的没意思。当然我也不会像奶奶这样麻烦，打扫起来得费多大工夫？我喜欢姥爷和姥姥的家，好看而又简单。

爸爸和妈妈经常出差，当然也有他们自己旅行的时候，我和戴安娜对此非常不满，为什么不带上我们？

爸爸说："自从有了你们，就没有了我们的空间，难道我们不能享受一下我们两人的空间吗？"

那他们为什么说，我们是给他们带来最大快乐的天使？！既然我们是给他们带来最大快乐的天使，难道他们还需要别的快

乐吗？

　　幸好爸爸妈妈不会同时出差，如果真有这样的情况出现，他们都会向上司提出，把孩子独自留在家里不合适的问题。哪个上司也不敢担待把孩子独自留在家里的罪名，尽管我们有阿丽丝也不行，因为阿丽丝到底不是家长。

　　如果爸爸出差，问题倒不大，要是妈妈出差，我们就惨了，整个儿一个翻了天，要吃的没吃的，要喝的没喝的。当然不是说真的没吃没喝，而是没有对我们胃口的吃喝，更不要说是炉子上现做的，大部分都是快餐店里的大路货……

　　最让我们丢人现眼的是，不要说戴安娜的功课连连考不及格，就是我的家庭作业，成绩也明显下降，不过倒是玩儿得痛快，玩到我们差不多忘了自己还是学生。

　　爸爸还说："我不是不会辅导你们的功课，对一个成熟的聪明人来说，而是越简单的东西，越是不好对付。"

　　妈妈说："当然了，带你们玩儿，比辅导你们做功课容易多了。"

　　反倒是他们不带着我和戴安娜，只他们两人出去旅行，就不提家里只剩下孩子，没人照应的事儿了。

　　但他们会请爷爷奶奶或姥姥姥爷来帮助阿丽丝。

　　奶奶每次来的时候，开始都想多住几天，可她的计划总是无法实现。

　　要不就是因为戴安娜的朋友周末来我家过夜，朋友的姐姐也就不请自来，当奶奶带着戴安娜和她朋友购物回来，朋友的姐姐居然大发脾气，说是为什么不通知她、不带上她去购物。

　　我说："你本来就是计划外的。"

　　然后她就大哭起来，可把我吓着了。我从没有见过这样大的嘴，即便戴安娜哭起来，嘴也没有这么大。

　　晚上她又非要睡在床上，不睡睡袋，说是明天她有重要事情,必须睡好等等。可是半夜三更地又大闹着要回家,她的哭闹吓醒了奶奶,奶奶以为出了什么事……只好给她母亲打电话,请她母亲把她弄回家。

要不就是因为我的同学威廉(他父亲就是我们小镇那位唯一的警探)。当威廉和他弟弟来我家玩耍时,奶奶觉得,她作为家里哪怕是临时的主人,也得尽主人的礼节,便先向威廉自我介绍:"你好,欢迎,我是詹姆斯的奶奶。"之后又伸出手来说:"认识你很高兴。"

威廉没有搭理她,拿着塑料冲锋枪,照着她的脸,就来了一梭子。

奶奶转身又对威廉的弟弟说:"认识你很高兴。"威廉拿着冲锋枪,对着她的屁股又是两枪托。

我尴尬得要命,如果威廉的弟弟这么做还好说,他还小呢,可威廉这样做,就不像话了,奶奶会说:"粗俗,太粗俗了。"

她肯定也会想,我怎么和这么粗俗的人来往。其实这很偶然,我并不经常和威廉来往,原因我已经说过,这里就不再重复。如果他一定要来找我玩,我又怎么能说不呢。

要是换了姥姥或是姥爷,他们顶多给威廉和他的弟弟来声:"嗨!"就算完事,也就不会发生他们给谁两枪托子,或是一梭子的事了。

妈妈知道以后说:"詹姆斯,你真还算不上勇敢。我当然不是指威廉来我们家玩这件事。我是说,你将来长大以后,还会遇到很多应该拒绝、应该说'不'的时候。"

肯定是奶奶向她告了状,换了姥姥可能就不把它当回事了。

我说:"可那次你不是还说我做得好吗?因为艾克斯教唆同学往校车司机脸上吐唾沫,司机报告了校长。艾克斯是我的朋友,事发当时我又在场,于是我们都被押送到了校长室,校长让我们三个人当着家长的面,重复当时的经过,最后大家明白,那事儿跟我没关系。因为我当时表现得很坦荡,你还说,以后不论

遇到什么'糟糕的'事，只要不是自己干的，应该永远那样'勇敢'。"

"是的，那次你做得很好，但那只是勇敢的一种表现。亲爱的詹姆斯，等你长大以后，还有很多时候，需要你付出比这样的勇敢，更大的勇敢呢。"

"比如？"

"勇敢不仅仅是指出生入死，也包括一种坚持，也许是对一种精神、也许是对一种原则、也许是对一个事实……有时，这比出生入死还不容易。"

我不懂，什么是一种精神、一种原则，或是一个事实，但不知道为什么，我不由得抓紧了妈妈的手，她也紧紧地握了握我的手。

之后，妈妈请我和戴安娜去看了几次她当辩护律师的庭审，我觉得听起来就像那些探案片似的，但我好像慢慢懂得了一些什么。

让爷爷奶奶更受惊的是，有次爷爷带我和朋友去城里看垒球赛，我们只顾看球赛，爷爷让我们吃点什么，我们也顾不上。球赛完了我们才去吃晚餐，因为饿得太厉害，我吃得太快，一块鸡骨头卡住了我的喉咙……爷爷马上从我背后拢住我的肚子，使劲一挤，鸡骨头算是挤出来了，可是还得上医院，因为喉咙里似乎还有东西。

爷爷叫了救护车。到了医院，医生又从我的喉咙里弄出来一块鸡肉……

在我们家，经常有这样惊险的事情发生，爸爸妈妈已经习以为常，可是奶奶爷爷受不了这样的惊吓，他们说："我看我们还是走吧。"

爸爸和妈妈只得提前结束他们两个人的空间。

不论怎么说，爸爸和妈妈不在家的时候，我们感到自由自在得多，按奶奶的话说，是放肆得多。

至于姥姥姥爷,对我朋友们的来访,就像我一样,两眼看不见,两耳听不着。

听凭我们楼上楼下地跑,把楼梯踩得咚咚响,按奶奶的说法是,这栋房子都快让我们踩塌了,而爷爷的头,都让我们闹腾得快掉下来了。

戴安娜和她的朋友,更是放肆地尖叫,从我出生以来,也没有听到过那样刺耳的尖叫,这都是她们从《College Road Trip》那个电影里学来的。

烦不烦?学什么不好,非得学尖叫!连我这种"什么也听不见"的耳朵都受不了了,姥姥和姥爷居然就是一个没听见。

还有她那个叫凯瑟琳的朋友,有一次她居然向爸爸确认:"詹姆斯请我明天到你们家做客,是这样的吗?"

爸爸说:"我可不敢保证,你忘了他请大家吃冰激凌那档子事了?"

吃冰激凌那档子事儿,回想起来是有点不够意思——

很多事情渐渐都不一样了。尽管我很"忙",偶尔也会打开我的衣橱的门,瞧瞧那么两眼,于是就看见了我那只"猪"。

我都忘了那是我几岁生日时,爸爸给我的礼物。

我顺手拿起来摇了摇那只"猪",哗啦、哗啦,听上去里面真有不少钱的样子。不知怎么想到,该是和它告别的时候了,我现在已经攒大钱了,谁还攒那一分、一毛、顶多是两毛五的钢镚儿呢,连戴安娜都不攒了,于是我倒出里面所有的零钱。

加上我们冰球队赢了球,作为冰球队的队长,我打算请大家吃点儿什么。

于是我请爸爸开车,带我们去了冰激凌店。等到付款的时候,我忽然想起,我准备买个望远镜的计划还没有实现,只好对大家说:"对不起,我改变主意了。"

大家十分尴尬地僵在那里,爸爸说:"没关系,这次由我来请

大家。"然后转过脸来对我说,"詹姆斯,你这样做很不礼貌,很不绅士……"他结结巴巴了一会儿,找了半天词儿,接着说:"非常,非常恶心!"

爸爸动不动就说我不像一个"绅士",我真不懂,我为什么非要做一个"绅士"!

妈妈还说:"希望将来哪个女人对詹姆斯以身相许的时候,他可别来这一手。"

当时倒没觉得什么,回家之后,我越想越觉得自己真是"恶心"。如果我想买望远镜,为什么请客之前不想好?

记得妈妈教训过戴安娜,失信不是一个高尚的行为。

尽管当时球队队员没人说什么,他们都是有教养的家庭出身,当然不会对他人的不端行为立即表现出什么,但这样的事用不着他人说什么,自己惭愧比他人说什么的滋味还难受。

这也许就是文学课老师说的"自省"吧?

你知道我是个健忘的人,很多事当时"反省",过后很快又会忘记!

我或许会忘记,请没请凯瑟琳来我家做客,(肯定没有!)但我永远不会忘记请人吃冰激凌,又当场反悔这档子事。

不过说起凯瑟琳,我就来气,我什么时候请她来我们家做客了?就冲她那个尖叫?谢谢吧!就算将来有那么一天,我请哪个女孩儿来做客,我也不会请这种尖叫的女孩儿。

那你会问,戴安娜不也尖叫吗?那我就没办法了,她是我妹妹,我没有选择。

那天凯瑟琳的妈妈,还对我妈妈说:"今天凯瑟琳对我说,她长大之后准备嫁给詹姆斯。"

回到家后,妈妈问我:"听说你和凯瑟琳一起玩了,玩儿得好吗?"

我想了又想,怎么也想不起那天是不是和凯瑟琳一起玩了,再说,我什么时候和女孩儿玩过?可妈妈经常说我记性不好,闹得我自己都不知道我是不是和她一起玩过,只好说:"我已经不

　　看着爸爸尴尬的样子，我给了他一个大拥抱，说："爸爸，我爱你。"（p.067）

记得了。"

妈妈对爸爸说:"甜心,希望这种健忘的基因,不是从你那里来的。"

想想爸爸逢到旅行便出现的问题,真不能说妈妈"大嘴"。

爸爸的回答是:"是谁说的,'如果几十年都得与同一个男人生活在一起,乏不乏味?'"

这是哪儿和哪儿啊!

换了奶奶就会对我们说:"你们不想去院子里玩一会儿吗?"

或是对戴安娜那些朋友说:"其实你们到湖边练嗓子效果最好,声音在水上会传得很远呢。"

大家说:"院子里有什么好玩儿的?"

爷爷说:"你们在院子里玩放枪打仗的游戏,不是比在屋子里更有意思?躲在大树或是灌木的后面,不容易让对方发觉,也容易保护自己不受对方的枪击,是不是?"

我们一想,还真是这么回事,便一哄地拥向院子里去。

妈妈说:"从法律上来说,这是教唆!"

这话她不是对爷爷或是奶奶说的,而是对爸爸说的。

我很理解,就像我对爸爸妈妈的话有看法,但也只能放在肚子里,没有发表的机会,或是说,没有发表的权利。

爸爸说:"是谁给他们买的玩具枪?又为什么不把那些玩具枪扔了?"

"教唆和玩具不同。"

"玩具是一种暗示。想想看,哪种玩具不暗示着某种意念?你们女人从小就梦想一个王子,难道不是什么《白雪公主》那类故事的暗示?"

"你以为王子就能给女人幸福吗,省省吧!看看那些嫁给王室的女人,哪个有好下场?我从来没有梦想过一个王子,我要是梦想一个王子,我们也不会结婚了。"

"那不等于别的女人没有……我说,你这是好话还是不好的话？"

"好话还是不好的话，你难道听不出来吗？我相信你肯定不是弱智，对不对……是啊，为什么没人把这些玩具枪扔了？可就算我们把詹姆斯这些玩具枪扔了，电影里天天都是枪战啊，就算我们能在自己家里抵挡一阵，我们能抵挡住这个社会的包围吗？"

我知道为什么他们不敢扔我的玩具，因为我拥有告发扔我玩具的人的权利。

说到电影里的枪战，我最喜欢的电影007，从头到尾都是枪战。谁又能说它不好看呢？爸爸和妈妈可能比我更喜欢，要不他们怎么给我起了这么一个名字：詹姆斯！

这种问题，真的很麻烦。

不过我们隔壁的邻居，就不让他们的儿子来我们家玩，因为他妈妈说，我和我那些朋友，除了一天到晚玩玩具枪，不会玩别的。她不希望自己的儿子从小就好战，就对枪械有兴趣，美国枪械的问题已经够多了。先不说那些成年人，时不时就听到哪个学校的学生，枪杀了同学或老师，而那些枪杀他人的学生，有些还不是成年人呢。

妈妈说："她这样说话不公平，詹姆斯哪里一天到晚只玩'枪战'？她根本没有看见詹姆斯读《探索》和《世界地理》杂志的时候。相信像詹姆斯这个年龄的男孩儿，没有几个会对这些杂志有兴趣。"

爸爸说："为什么不从另外一方面想想邻居这些话的好处呢？这和你从来不说'我错了'或是'对不起'有关系。"

尽管他们这些话不是对我说的，我听了之后，的确有些惭愧，就像杀死那些无辜的同学，也有我的一份责任，我手里不也拿着"枪"吗，现在是玩具枪，谁能说我将来万一拿了真刀真枪会怎么样？

妈妈没词儿了，可她话锋一转："这是我自己的事吗？你下班之后只顾自己玩儿，什么时候关注过孩子的教育？只能说，当初不应该听任詹姆斯的这种要求……可是我那么忙，真没有时间和他们纠缠。詹姆斯为了得到这些玩具枪，没完没了地闹腾。"

"然后只好妥协是不是？"

"是啊……"

别看妈妈总是得理不饶人，有时候还得向我和戴安娜妥协。也只有我和戴安娜，才能让妈妈做一定的让步。

阿丽丝说，我不应该因此得意，妈妈这样做，都是因为她太爱我们而已。爱情有时让聪明人变得和傻瓜没什么两样。

怎么会这样?! 阿丽丝的话可真够玄乎的。

其实奶奶也没有多少实际手段来管教我们，她只是说话富有含义而已。对于我们这些不自觉的人，"含义"没有什么意义。而且她整天趴在电脑上写她的论文，即便从电脑上下来，也就是抱着电话和朋友讨论什么学术问题，如果爷爷没有和她一起来，她就抱着电话和爷爷聊天。

她是心理学家，常常问我和戴安娜以及我的朋友们一些奇奇怪怪的问题，每次离开我们这里时，她都会带走几盘录音磁带。

最近这次来访，她显得很高兴，说我和戴安娜长大了，终于可以和我们交谈了，我估计她会带走更多的磁带。

但是我喜欢跟爷爷和奶奶一起看电视里的探案节目，要不是奶奶和爷爷，我几乎不知道电视里还有这个频道。

我们一边看，一边讨论案子的进程；在现场找到的那些东西，哪些对破案有用、哪些没用；分析谁是杀手；他们作案的原因；逻辑上的可能性等等，我正是从他们那里，知道了"逻辑"这个词儿的日常用法……从此我就喜欢上了这个频道，所幸妈妈没有删除这个频道，并且给这个频道付了钱。我想她不敢不付钱，因为奶奶爷爷喜欢，如果他们不喜欢，她肯定不会为这个频道付款。

爷爷说："现在的探案手段很高明……这些作案的人，总以

为自己干得万无一失，谁也不会知道他是凶手，其实他们犯了原则上的错误。不是有句名言吗，'杀人是容易的，杀了人不让人知道却是不容易的。'"

正是这么回事，那次威廉打碎了教室里的灯……也许他是从他爸爸那里听来的探案经验，就想照着听来的那些经验试一试，看看自己能不能不留任何痕迹地干点什么……结果，还没请人探案，我们就从许多痕迹上，看出了马脚。

我根据灯泡的高度以及被粉碎的玻璃窗的连线还有连线和地平线的夹角，找出了发射点，那个发射点，就在教室外的树丛里，正因为在神不知鬼不觉的树丛里，威廉可能觉得不会有人发现……而且有同学说，他用的那个弹弓和弹弓子儿，是他们一起在二手店里买的。

之后，威廉伙同他的朋友，拦截了我，把我按在地上揍了一顿。

我也不是善主，多亏妈妈给我报名学过跆拳道，威廉他们也没能占到多少便宜。

回家以后，妈妈问我的脸上怎么回事，我说："打球的时候撞的。"

一个男孩子，怎么能说自己被人打了的事！

她看上去像是信了，以她那样聪明的人，不会想不到我干了什么。可我想我这么说，她是理解的。

奶奶说："那是因为，所有的人、所有的行为，都会留下什么，比如脚印、手印、头发、各种细屑等等……探案实际就是揭露和掩盖的关系，那些精心的掩盖，让人觉得迷雾重重，这就有赖探案人对那些细节睿智的分析。"

爷爷白了一眼奶奶，说："从法律来说，就是证据，证据，还是证据。"

"为什么探案人，总是检查嫌疑人的 DNA 和人们的指印呢？"我问爷爷。

"DNA 的事情太复杂，爷爷没有能力把那么深奥的事情为你解释清楚，但我知道，它在遗传学、生命的来源、一些难以治疗的疾病、优化改善人类基因上的作用，都是不可估量的。而指纹比较好懂，因为每个人的指纹都是世界上独一无二的，没有一个人能与其他人的指纹相同，如果能在作案现场收集到指纹，凶手就很容易找到了。因为我们的指纹，早就通过各种渠道存入各种档案，一旦必要，把我们在任何情况下留下的指纹，和存入档案的指纹一对照，就能准确地确定我们的身份了。"

平时不大爱说话的爷爷，却知道那么多有趣的事，我还以为他是个枯燥无味的人呢！

"什么又是基因呢？"

"爷爷也解释不了，等你到了高中，或许老师会讲给你听。"

"爷爷，我真喜欢听你说这些故事。"说不定爷爷的严厉，就是让这些深奥的故事撑的。

"甜心，这不是故事，这是科学。世界上还有很多这样有意思的事，虽然照平常的人看来，有些不可思议。"

什么时候，我才能把爷爷说的那些"有意思的事"，都了解清楚呢？

四

至于我姥姥，说是来帮忙，可是还带着姥爷，我觉得姥爷比我们更需要她的照顾。

姥爷是修理钢琴的，我这么说，不够专业，应该说姥爷是调琴师，而姥姥不过是一般学院的毕业生。

据说姥爷家很穷。妈妈说："穷人家的孩子，无论他们多么热爱艺术，也很难实现他们的梦想。首先学艺术的投资相当大，不说最贵的钢琴投资，就拿投资比较小的油画来说，那些油彩、画布、画笔、画架子，就贵得一般人难以承受，而且你得画多少张，才能有所成效？在此之前，那些习作都得作废。你看那些名画家，

生前大多穷困潦倒，死后能得到承认，已经算是万幸。还有那些画了一辈子，也一事无成的画家……也就是说，他们不论在经济还是人生的投入上，都白费了，最难以计算的是一生的投入……除非那些家财万贯的人，他们有钱支持自己的子女，在很长的时间里，甚至一辈子，只花钱、不挣钱。记得你去冰球场时，总要经过的那家二手家具店吗？就是阿丽丝学写作那间大学艺术系的老师开的，他那两个店员，就是他们艺术系毕业后，总也找不到工作的学生……"

那姥爷又是怎么学成钢琴的呢？

"姥爷也不是科班出身，他的钢琴说到底是野路子钢琴。你知道他当年是怎么学钢琴的吗？家里当然给他买不起钢琴，他只好在长条木板上，用胶水粘上一个个键盘，也就是说，他做了一个'无声'钢琴，每天在上面练指法、背乐谱……他说，他演奏出来的音乐别人听不见，只有他自己的心听得见。后来给钢琴厂打工，在那里学到了调琴的手艺，挣了点钱才能到正儿八经的学院去学习，可他那点儿钱，也只够在学院里旁听而已。"

戴安娜听了这个故事之后，对姥爷说："姥爷，我爱你。"

姥爷听了之后，耸耸肩膀说："说不定什么时候，你就该说，'我讨厌你'或是'我恨你了'。"

难怪妈妈不论干什么都那样的努力，原来是姥爷的家传。

有个熟人曾想介绍姥爷去豪华游轮上教教钢琴课，反正那些有钱的游客，为了周游世界，有时会在豪华游轮上一待三个月，有个钢琴师教那么两下钢琴，解解闷总是好的。

那样，姥姥和姥爷都可以享受至少两个至三个月的免费环球旅行，而且报酬很高。

姥爷说："那些豪华游轮上的人，有多少是真的热爱音乐、喜欢钢琴？应景的倒是不少。我有房子住，有衣服穿，不饿肚子，就行了。而且等到我们死的时候，一定可以把买房子的钱还清，这就不错了。很多人到死的时候，房钱还还不清呢。再说，我们喜欢自助旅行。"

可不，他和姥姥那么大年纪了，还背个背包自助旅行，住最小、最便宜的旅店……人们问起他住哪个旅馆，他们说起住的是最便宜，也是最小的旅馆时，从不觉得寒碜。

姥姥还说："旅店只是用来睡觉，又不是在那里过日子，即便过日子，舒适、简洁就好。"

他们家也没有多余的家具或装饰，只有那么几个让人总也看不厌的陶罐，是他们那个小镇附近的乡村艺术家制作的；一两把不知哪里来的椅子，反正我没在谁家里见过那种样式，据姥姥说，他们是在跳蚤市场上买的。她还说："跳蚤市场上，有时真能碰上好东西，不过要看你的运气。"看来姥姥的运气非常之好。两个一长一短、式样简单的麻布沙发，他们没有皮沙发，更没有那种往后一仰，就能躺倒的折叠皮躺椅……妈妈说："一般来说，土财主喜欢那种躺椅。"

我们去了，除了爸爸妈妈、阿丽丝有床睡，我和戴安娜只能打地铺。也不错，戴安娜可以自由自在地满地打滚。她睡觉不老实，本是竖着躺下的，第二天早上醒来，就横在床上了。爸爸妈妈出去 party 或是看电影、看戏，回来较晚的时候，戴安娜就会跑到阿丽丝的卧室去，要求和她同睡，阿丽丝总是回答说："不！谢谢。"

但是姥姥和姥爷有很多他们买得起的、市场上还没名气的画家的绘画……妈妈说："这些画并不比我们在有些博物馆里看到的绘画差。"

也很少看到姥爷穿着正儿八经的套服，他总是牛仔裤加毛衣或是夹克。姥姥也是如此，她的手提包，不要说不如戴安娜的多，更不如阿丽丝的多。只有一黑一白两个手提包。她说："白色的夏天用，黑色的冬天用，足够了，我可不想拥有那么多手提包，用的时候还得考虑哪个颜色配什么衣服，太麻烦了。"

可他们看上去很知足，很快活。

所以，妈妈家里不算富裕，她是靠优异的成绩，获得一个个高额奖学金，才从一个个头等大学，拿到一个个头衔的。

　　或许这就是她即便穿着非名牌衣饰，也能大摇大摆地走在任何 party 上，而且没有一点自惭形秽的感觉的原因。还老是说："我从来不从衣服上寻找自信，我靠的是自己的聪明才智。"

　　爸爸说："她哪里是大摇大摆，她是横着走。"

　　我们班上的同学差不多都有手机，而且经常在一起攀比谁的手机最先进，那也就是说，谁的手机最贵！

　　买个手机并不难，可我要它有什么用？我也从来不觉得自己没手机有什么丢脸的，我和妈妈一样，靠的是自己的聪明才智。

　　妈妈说："只要你考试的时候，好好检查考卷上有几道题，只要你交卷前再好好检查一下自己的回答，你一定是最好的。"

　　我相信，我当然相信。

　　除了音乐，姥爷好像对什么都不感兴趣，或是说，什么他也不知道。

　　就是他自己的事，摆在他眼前，也是看不见似的。比如，为他预约了看牙医的时间，人家牙医护士也打过电话，提醒他预约的时间。临了，他还是会忘记到牙医那里去。除非他的大牙再次疼痛，才会想起他本应该去看牙医的事情。

　　或许他跟我一样，不喜欢牙医？我就是专拣那些不喜欢的事情忘记。妈妈说，这决定了我将来是个快乐的人。

　　更别说是委托姥爷什么事。

　　那次我临去踢球之前，指着厨房大台上的几个杯子对他说，"姥爷，请不要动我这几个杯子，这是我的科学实验。"

　　那是老师留给我们周末的作业，让我们观察不同的液体，在相同或不同温度下的变化。

　　姥爷还认真地看了看那几个杯子，看来我是交代清楚了。结果你猜怎么着？他把其中的两杯液体给喝了。

　　幸亏杯子里不是毒药！

　　害得我还得从头再来。再来是容易的吗？常温或是冰点以下，怎么也得取几个不同的温度，折腾下来怎么也得一至两天，所以老师才让我们周末来做。

　　妈妈对姥爷说："你是不是应该玩一玩数字游戏？"

　　姥爷说："你是不是以为我得了老年痴呆症？"

　　可是萨克斯世界排名第五的杰夫说，再没有人能像姥爷那样，哪怕他钢琴上的哪个琴键，被小孩子掉上一滴西红柿酱，姥爷都记得一清二楚，而且非常愤怒。就像是他自己的钢琴，掉上了一滴西红柿酱。他准保会把杰夫的孩子叫来训一顿，说："钢琴不是你们的餐桌，以后吃东西的时候，不要摸钢琴。"最后，还让他们把那滴西红柿酱轻轻擦掉。

　　下次他再去调琴的时候，肯定要先检查琴键上有没有西红柿酱。

　　谁家的钢琴天天调呢，半年、顶多三个月调一次，可是姥爷能记住，杰夫家的钢琴上次调试时，是哪个琴键出了问题、什么问题。

　　不止是杰夫家的钢琴，包括杰夫朋友家的那些钢琴，姥爷同样记得哪个琴键、出的是什么问题……那不是一架、两架钢琴，还有其他人家的钢琴呢，想必也是这个样子。

　　杰夫和他那些朋友，说起姥爷，谁也记不住姥爷的穿戴，却能记得姥爷调琴时的模样："真跟得了精神病似的，除了琴，这个世界上什么都不存在了。"这是杰夫的原话。

　　一不给钢琴调音，姥爷就傻了。

　　他请我们吃饭，付账的时候，他瞪着服务生拿来的账单，就是算不出来应该给人家多少钱。

　　妈妈都等急了，说："你先把小费写在下面，和应付款一加不就行了？"

　　可我看出来，姥爷不是算不出加法，而是算不出百分之二十小费是多少。

　　姥姥也不帮忙，只是坐在一旁，耐心地等着姥爷算那百分之二十。

最后我实在看不下去，还是我帮姥爷算出来的。他也不觉得有什么不好意思，似乎还很高兴我能算出百分之二十。

这是我在三年级时，就已经会算了的呀！

妈妈就在一旁说："也不知道戴安娜继承的是谁的基因。"

连我都明白，她这不是在说，戴安娜继承的是姥爷的基因吗？

妈妈还说："生活在这样一群人中间，可真痛苦。"

哪一群人？还不是姥爷、爸爸还有戴安娜。

姥姥听了妈妈的话，就像中了头彩那样哈哈大笑。或许她真觉得姥爷是她中的头彩呢。

锅里煮的明明是意大利面条，姥爷看着锅里的面条问："我们今天中午吃中东米吗？"

冬天风大，姥爷就那么光着脑袋出去了。要是他有头发挡一挡也好，可是他的头发不能说一根没有，就是有，也差不多等于没有。

姥姥让他出去戴上帽子，不然容易感冒。可是到了春天，只要一出门，他还是把帽子戴上。如果不是姥姥提醒他，现在已经是春天不是冬天了，我看他就是到了夏天，出门也得戴上那顶冬天才应该戴的帽子。

说到吃饭，姥姥在他的盘子里放多少，他就吃多少，多放他就多吃，少放他就少吃，到底吃饱了还是没吃饱，我看他自己也没个准儿。

要是没有姥姥，我看他怎么过日子！

记得小时我和戴安娜在饭桌上打架，打得盘子、叉子、勺子满世界飞，哪怕盘子的碎片砸上我的头，姥爷也像是没看见，照旧一口一口，不紧不慢地吃他的饭。妈妈急得跳脚："爸爸，天塌了你也不管不问，是不是？"

他说："天塌了吗？"

好比提起现在的经济危机，人人都唉声叹气，姥爷也不着急，还说："反正饿不死。"

是这么回事，姥爷和姥姥的生活，从来没有大富大贵过，以前这样过日子，现在也这样过日子，不也挺好？所以经济危机不经济危机，看起来和他们的关系真的不大。

姥爷说："可不是嘛，如果纽约大街上躺倒一个饿死的人，全美国都得炸了锅，寂寞的媒体肯定被激活。"

可谁要是摸他的钢琴，他非急眼不可，哪怕是戴安娜也不行。

其实戴安娜弹得不错，每次轮到学校各个班级的钢琴汇报，她的技术总是排在第一。

我们在姥爷家做客时，戴安娜免不了要弹弹姥爷的钢琴，那他不论多忙，也得坐在一边看着，不是听戴安娜的琴艺好坏，或是想要指点指点她的琴艺，而是看着他的钢琴，免得戴安娜"砸"他的琴。

姥爷把戴安娜的弹琴，叫做"砸琴"。

为此，果不其然，戴安娜对姥爷说："我恨你。"

姥爷耸耸肩膀说："随便。"

其实姥爷这样说戴安娜有点不公正，我认为戴安娜只是手指上的力气足够，姥爷还没听她那些同学弹琴呢，那叫弹琴吗，那叫胡噜还差不多。

虽然姥爷和姥姥挣的钱不多，可是每逢纽约林肯中心有什么著名钢琴家的演奏，他和姥姥非去听不可，那些演出的票价，从来没有便宜过。不过他们也不买中央区的票，常常是买楼上最后一排的票，姥爷说："听就行了。"

所以不论在什么节日，或是姥姥、姥爷的生日，爸爸妈妈从来不会为了给他们买什么礼物而费心，给他们买份林肯中心全年的套票，或是 MoMA 美术馆全年的套票就行了。

我想，等我长大能挣钱的时候，什么也不用给他们买，就给他们买钢琴演奏会的票，他们就高兴了。

我也不知道怎么说才好，明明是让他们来照管我们，可是姥爷和姥姥比我和戴安娜更喜欢玩儿拼图，或是走子儿游戏，这还不说，姥爷还经常耍赖。而且他们一玩儿，就玩儿得忘乎所以，不但不让我们按时睡觉，还常常玩儿得过了午夜十二点，然后他们一觉睡到第二天中午十一点，可我和戴安娜还得按时起床上学呢。

我一"淘气"——是不是淘气，回头再说——他们就问我："你说说，你都多大了！"

我看倒是我应该跟他们说："你们说说，你们都多大了！"

不只跟他们说，还应该跟我爸爸说："你说说，你都多大了？"

据姥姥说，她之所以起床晚，是因为晚上没睡好。但绝对不是因为玩儿拼图或是走子儿游戏睡得太晚，而是我们的电动玩具，比如说吉他、飞机上的机关枪等等，常常在深更半夜莫名其妙地响起来，把她从睡梦中惊醒。

可是除了她，全家没有人听到过这些声音。再说那些玩具都在地下室，离她和姥爷的卧室还远着呢。

母亲节那天，妈妈请奶奶、姥姥去纽约看现代舞，开演之前她们先去了饭店。那家饭店据妈妈说非常之好，所以头菜、主菜、红酒、甜点、咖啡，她们一样没落。

姥姥说："一会儿要看舞剧，咱们不能多喝，别要一瓶酒了，我喝一杯就行了。"结果呢，姥姥喝了两杯。

妈妈说："你不会喝多了吧，别到看舞剧时睡着了。"

姥姥说："从来不会。"

可是她从头睡到尾，不但睡着了，还打呼噜，闹得坐在她周围的观众，无不对她转眼珠子，妈妈回来说，她感到特别不好意思。

而那张票的票价是八十五块。

要是奶奶，就不会这个样子，凡事清清楚楚，说喝一杯就是喝一杯，绝对不会喝两杯。所以和奶奶在一起的时候，别想干任何加塞儿的事。让我们写日记就得写日记，如果我们说写完了，她就会说："让我看看。"

戴安娜说："那是私人空间。"

奶奶说："那不是老师留给你们的作业吗？"伶牙俐齿的戴安娜，顿时傻了眼。

让我们几点睡觉，我们就得几点上床，戴安娜讨价还价的本事，在奶奶那儿，一点也施展不开。不像和姥姥在一起的时候，说是写日记，可是五分钟之后，就可以看电视或是玩儿电脑，而姥姥总以为我们已经非常出色地完成了日记。

那么姥爷呢，姥爷为什么也睡到那时才起床？

不过姥爷起得晚，我能理解，或许他把九点看成六点、早晨看成晚上，以为自己方才不过打了个小盹儿，接着再睡……这都很难说。

起床之后，他们又花很长的时间吃早饭、喝咖啡。电视也好，书上也好，都说一个人每天喝咖啡不能超过两杯，超过这个数字，对身体健康有不好的影响等等，我看姥爷差不多每天要喝四杯，除了起床太晚，走子儿要赖，也没见到有什么不好的情况出现在他的身上。

而且他对咖啡的品味非常挑剔，总是说，卡普奇诺以意大利米兰的为最佳，"星巴克"就免了吧。我想姥爷和后来的舅妈一拍即合，和他们对"星巴克"的看法一致，有很大关系。当然也和舅妈投姥爷所好，从没断过对姥爷美酒的供应有关系。

妈妈不允许我们喝咖啡，说我们还不到喝咖啡的年龄，我当然没法评论，姥爷对米兰卡普奇诺的崇拜对还是不对，不过我偷尝过他们的咖啡，真不怎么样，比可口可乐差远了。可是妈妈连可口可乐也很少让我们喝，说是里面有什么化学添加剂，对我们的骨头不好等等。

问题是，姥爷在发表这种评论的时候，还穿着他那件不知猴年马月买的"破睡袍"——这是妈妈的原话——就敢对"星巴克"

大张嘴。

妈妈在电视台的采访中,跷着二郎腿,把她那只鞋底和鞋帮大张嘴的靴子,面朝无数观众展现,和姥爷穿着"破睡袍"对"星巴克"大张嘴,有什么两样?

所以我想,舅舅后来从银行辞职,去开了那样一个生意兴隆的咖啡店,肯定是受了姥爷的影响。

…………

吃完早饭,他们就开车,去看望他们的老朋友,再不就是姥爷去哪家调琴,姥姥就不停地看表,据她说,她得去接姥爷。

姥爷不是自己开了车去的吗,用得着姥姥接吗……大人的事,我真说不清楚。

反正姥姥和姥爷不论到哪儿,都摽在一起,似乎从来没有分离过。

不论姥姥、奶奶她们谁来,我看阿丽丝并没有得到什么实质性的帮助。

…………

这么说下来,我究竟受了谁的影响,或什么方面的影响呢?

奶奶说,患有多动症的儿童,大多不自主地眨眼、耸肩、出怪声、咳嗽、注意力不集中、讲脏话等等。

我想了又想,我和这些表现真没什么关系,除了喜欢各项体育运动,我有什么多动的地方?难道体育运动算是"多动"吗?

而且我现在根本就不会弄坏水龙头了,不但不弄坏,有时阿丽丝还让我修理一下水龙头。

至于撅断窗帘上的把手,拔掉电器上的插头,弄断古董家具上的胳膊腿等等,有什么意思?按他们的说法,有什么想象力?

我在学校里的那些事儿,可比这些事有意思多了,就说我们的科学实验,你都不知道三变两变会变出什么……真跟变魔术似的。

还有捉弄戴安娜,我现在很少在家,也很少和她共事了,而且我不喜欢她那些动不动就尖叫的朋友，就跟发生了什么惊天动地的事似的！如果随时随地都这样的尖叫，只能说明，那都是些毫不惊天动地的破事。

什么是惊天动地？我也说不清楚，只知道肯定是少有而又少有的事，所以才会惊天动地。

第 四 章

一

艾克斯的妈妈和爸爸真要离婚了，但却不是因为他妈妈说的那个原因："将来我们离婚肯定是因为钥匙。"

据说他们的离婚手续已经拖了两年，因为有关财产分割的问题，而财产分割是一个十分复杂的问题。

艾克斯妈妈没有委托我妈妈做她的起诉律师，而是另请高明。可我听妈妈对爸爸说，是她自己不想做。因为，约翰是我们家那么好的朋友，而且她也不怎么待见艾克斯的妈妈。不但妈妈不待见，这个小区周围的邻居，也不太愿意邀请她到自己家里做客，因为她总是算计人家的丈夫。

什么是"算计人家的丈夫"？

作为律师，妈妈那些女朋友，动不动就来征求她的意见，法律、离婚，以及如何商定结婚契约等等……爸爸说，妈妈应该从律师事务所辞职，自立门户，和她的铁杆好友朱丽亚加起来，准能办个特别挣钱的离婚事务所。

但她们与妈妈讨论最多的，还是如何对待丈夫的技术问题。妈妈总是谦虚地说："我也没有什么特别的高招儿，我的决策几乎都决定于汤姆，如果他说往东，我就往西，大致没错。"

爸爸对舅舅说："听说艾克斯的妈妈还不是 MBA，仅仅是纽约大学的本科生，和约翰办理离婚手续期间，就不断打电话给警察局，说约翰对她说了侮辱性的字眼什么、什么的。警察局对约

　　她的尖叫震耳欲聋，高音 C 对她不过小菜一碟，不知道世界上有没有高音 D、高音 E，如果有，哪怕只有一个，非她莫属。

(p.085)

翰发出了警告并记录在案,据说仅凭这一条,法官就会给艾克斯的妈妈加一分。她还说'纽约州法律真好,离婚判决一半财产给女方,我现在正准备辞职,休息两年,让公司给我保留着位置,等分到财产后再去上班'。她说到做到,果然就辞了职,现在就在家待着。还有什么'我的同事们说,就是应该把这些男人送到"洗衣店",里里外外"洗"干净。以为离婚是那么简单的事?'那又是什么事呢,又不是约翰想离婚,他就是想离婚也没时间离啊,越到周末、假日,约翰越是忙,而这正是她提出离婚的理由,说是'没有一点家庭乐趣'。最近约翰中止了艾克斯妈妈的银行户头,改为实报实销。你猜你那位姐姐怎么说?她说:这样做是违法的,既然还没办妥离婚手续,就还是夫妻,既然还是夫妻,那么所有财产都是共同的,约翰不能限制她的任何花销。"

妈妈不待见艾克斯妈妈归不待见,但她知道法律是要遵守的。

"可我知道,艾克斯的妈妈是怎么花钱的,她烫个头发,都要乘飞机到巴黎去烫,约翰的律师对此提出质疑,她还说'对不起,我就是这个生活水平'。约翰那方的律师也拿她没办法,谁也不能改变、降低他人的生活水平是不是?"舅舅说。

想来舅舅很了解艾克斯他们家的情况,他和约翰一起喝酒的时候,可能无所不谈。

我在旁边听了之后,着实吓了一跳,要是我将来遇到这样一位妻子可怎么是好?我不是说花钱的事,我是说,动不动就找警察的事。

舅舅接着又说:"一般来说,这就是有个大学文凭——还不要说 MBA 学位——的女人,和一般女人的不同,何况法官总是同情女人的。"

然后他们就闷头喝酒了,好像这个话题很让他们挠头。要不,爸爸为什么经常拿妈妈的 Ph.D 说事儿?

妈妈有时也会涉及爸爸的 C 等生,但我看得出来,她不是故意的,不但不是故意,还有意回避,只是在稍不留神的时候才流

露出来,从来不像爸爸那样直接扑上去。

对此我深有体会,我不能撒谎,每次撒谎都得露馅儿,因为那些瞎话不是真实的,经不起复述,尤其我,记性特别不好,一不留神,就前言不搭后语。

我的意思是说,如果,只是如果,妈妈心里没装着这样的想法,也就不会在稍不留神的时候流露出来,对不对?

其实我的问题是:难道所有的 Ph.D 妈妈,有一天都要离婚?这是一个重要的离婚理由吗?既然如此,我爸爸,还有我舅舅,为什么还要和 Ph.D 或是 MBA 女人结婚呢?

转眼我就忘了他们的谈话,而且我对艾克斯爸爸和妈妈离婚的事也没兴趣,我可怜的是艾克斯,虽然他没有对我说什么,可是他更加不能与他人融洽相处,而且越来越不爱说话了,当然他也没有掉眼泪。

他只是更多地被老师提醒,上课不注意听讲,或是校长更经常地给他妈妈打电话。

据艾克斯说,那些电话等于白打,他妈妈倒是很客气地答应着,答应完了,根本就不到学校来,对此艾克斯倒感到高兴……

不像我妈妈,校长一个电话,马上就赶了过来,活像一只刚充完气的、弹力十足的球。随便你说什么球,篮球、足球、排球都行……

我说,学校怎么不给家长们评奖呢?要是给家长评奖,我妈妈肯定能得个金奖。

按理说,艾克斯妈妈辞职在家,对他和他妹妹应该有更多时间照顾,可是艾克斯和他的妹妹,照旧天天是意大利小肉丸子面条,因为在超市就能买到这种东西的半成品,买回来在微波炉里一转就行。

其实我对艾克斯的妈妈没什么印象,既谈不到好,也谈不到不好,虽然我们算是街坊。只是常常见她穿着粉红色的高跟鞋、小一号的衣服和黑色的网眼袜子，一拧一拧地上班去。

通常来说，我只看到大人们穿这样的衣服去 party。所以我猜想，她可能是内衣模特儿？我常在电视内衣广告上，看到有人这副打扮。不过做内衣模特儿，她似乎老了点儿，看看电视上的那些模特儿，个个年轻得就像戴安娜刚出生那会儿的样子，只不过是放大了尺寸。

那些小一号的衣服，把她箍得就像在台上比赛或是表演的"肌肉男"，如果不是在台上比赛或是表演的"肌肉男"，这样凸现身上的疙瘩，真不算好看。就是人家"肌肉男"，平时没事儿也不这样凸现自己的肉疙瘩。

此外，艾克斯和他妹妹还得经常"换防"。

他妈妈和他爸爸有所分工，两个星期艾克斯和他妹妹住在爸爸家，也就是我们这条街的那头，两个星期住在他们妈妈家。

因为分居的需要，他爸爸不得不给他妈妈另买一栋房子。那栋房子可真漂亮，坐落在小山坡上，可以看得见下面的河流，以及河流上的帆船。天气晴朗的时候，河上满是各色船帆，真像无数的彩色蝴蝶，叮在玻璃上或是镜子上。

轮到他爸爸照顾的那两周，尤其是周末，艾克斯和他妹妹，就像无家可归的流浪汉，也许因为别人的爸爸妈妈周末都不上班，能留在家里格外照顾他们的孩子，反倒显得艾克斯和他妹妹少人照顾的不同。

周末正是人们喜欢下馆子的时候，像艾克斯爸爸这样的大厨，又是一等一饭店里的大厨，更是忙得不可开交。虽说他爸爸给他们请了保姆，而且是工钱加倍的保姆，但是他们照旧吃意大利小肉丸子面条，这肯定是保姆从艾克斯妈妈那里学来的，就像我们的阿丽丝，从妈妈那儿学到的那些，比如，没有一次洗干净过碗盏、锅盆。

还有一次，说是艾克斯的妹妹感冒，躺在床上睡觉，保姆就和邻居家的保姆在楼下打牌，没想到艾克斯的妹妹醒了，想要到

厨房拿点果汁，迷迷糊糊就从楼梯上摔了下来，鼻子都磕破了。妈妈说："不知道会不会落下疤瘌，要是那样就糟了，因为她的鼻子本来就不算太好看。"

从此以后，妈妈就经常把艾克斯和他妹妹接到我们家来，他们的保姆顺便也就在我们家便餐。便餐之后，就坐在院子的躺椅上，看着戴安娜带艾克斯的妹妹玩耍。

妈妈说："我的厨艺比约翰当然差得很远，但无论如何孩子们可以吃到正经的饭，而不是半成品。半成品里的添加剂太多，吃多了对小孩子不好。"

我呢，放学之后，如果没有什么体育训练或比赛，就会抽出时间和艾克斯一起玩儿。所以我好像更忙了，不过妈妈也没说什么，只要我记得做完家庭作业就行。

其实和艾克斯在一起，也用不着多说什么，就是说，我又能说出什么？我从来就不像戴安娜那样会说话，尤其是那些"甜"得让我直打寒颤的话。

只能和艾克斯骑着自行车到处逛，或是找我那些朋友，可是他们平时就和艾克斯没有太多的交流。

再不就玩点什么，比如玩"数独"游戏，那是日本人发明的一种训练逻辑性的游戏。不知道艾克斯是打不起精神，还是不爱玩，也就不了了之。

我们只好闷头做家庭作业，这一来，我的家庭作业反倒比从前完成的及时了。做完家庭作业，再看看艾克斯那不说是不高兴，至少不能说很高兴的眼神，我真不知道往下该怎么办了。

想来想去，最后终于找到一样他感兴趣的游戏：跟着 DVD 打高尔夫球。一打就是很长时间过去，艾克斯的保姆都睡醒一觉了，我们还没分出胜负呢。

戴安娜放学以后，也会经常陪着艾克斯的妹妹玩耍，她不再一一试穿她那些不知试了多少遍的流行服饰、鞋子和帽子，而是抱着艾克斯的妹妹或在我们后院的滑梯上滑滑梯。那个滑梯我们早就不玩了，爸爸还说，下一个夏天，就会让工人把它拆除，妈妈说，幸亏没有拆除。

或是和艾克斯的妹妹玩儿捉迷藏，这种我们早已不再玩儿了的游戏……

还把自己那个粉红色的，上面绘有迪斯尼公主图案的小手提包，给了艾克斯的妹妹。

那个小手提包，是戴安娜的最爱，可是当艾克斯的妹妹抱着那个小手提包不肯撒手的时候，戴安娜眨巴着发红的眼睛说："好吧，如果你实在喜欢，就送给你吧。"着实让我吃了一惊，因为我对戴安娜的抠门儿，实在深有体会。

更没想到的是，戴安娜居然有那样的耐心照顾艾克斯的妹妹，比涂染她的指甲盖还耐心。从前，她几乎每天都要把她的指甲盖换个颜色。

戴安娜还会根据天气变化，为艾克斯的妹妹加减衣服；为她剥去那些果仁的外皮；照顾她吃饭时自己还要先试一试烫不烫；耐心地为她穿鞋……真像她的小妈妈。

戴安娜好像一下子长大不少，妈妈说："责任会使人成长。"

当戴安娜用那十根儿和她肥硕的脚趾不相上下的手指，灵巧地为艾克斯妹妹系那复杂的鞋带时，我很后悔我在那篇《我最不喜欢的两个人》的作文里，把戴安娜算作了一个。

所以，真是不能轻易地说，哪个人不好、哪个人好，有些时候，我们得等一等，才有资格对那个人说点什么。

更复杂的是，艾克斯的爸爸和妈妈，都有了自己的男朋友和女朋友，艾克斯和他妹妹，不仅每两周要"换防"一次，还得随着调换一次"家庭成员"。

要是我，这么换来换去的，非搞糊涂不可，妈妈本来就说我糊涂，什么也听不着、看不见等等。

艾克斯爸爸的女朋友，据说有自己的作坊，是一个做艺术首饰的作坊。

我见过这位女士。圣诞过后，艾克斯的爸爸请我们去做客，

他说他要亲自下厨为我们做一顿大餐,以表示对我们家的感谢。

那天艾克斯爸爸的女朋友也在场。她的穿着,看起来真有点艺术家的味道,不像艾克斯的妈妈那样,经常让人感到不知道是白天还是黑夜。不过我们都知道,艺术家是需要他人照顾的,就像我姥爷,不可能梦想她来照顾艾克斯和他妹妹。

爸爸说:"詹姆斯,是约翰找太太,不是你。"

我说:"当然不是我,我只是不希望艾克斯再接着没完没了地吃意大利小肉丸子面条。"

"他饿死了吗?"

"没有,当然没有,可是他不快乐。"

"他不快乐有那么重要吗,关键是他爸爸娶了她之后,快乐不快乐。"

"谁的快乐不重要呢?要是不重要,你都这么老了,为什么还一天到晚玩儿个没完?"

爸爸大吼一声:"詹姆斯,你在跟谁说话呢?"

我没有责怪爸爸的意思,我只是不明白,为什么他对我说到有关艾克斯的"快乐"时,是那样的不在意。

还有,他为什么要对我大吼一声?

而且根据我的经验,他这是没多少道理可讲的意思,他一没道理可讲,肯定用大吼来表示他有道理。

"这也不是艾克斯找太太。"他又说。

"当你想辞职不干的时候,妈妈不是说,你还有对我和戴安娜的责任?那么艾克斯的爸爸和妈妈不论做什么,是不是也应该像妈妈说的那样,想想他们对艾克斯和他妹妹的责任?"

爸爸白了我一眼,不说话了,接着看他的报纸。

艾克斯的妈妈还经常问艾克斯:"你喜欢爸爸的女朋友吗?"

按理说,这样私密的问题,不应该当着我的面,尽管我还是个小屁孩儿,也不应该问艾克斯这样的问题。

艾克斯看了她一眼,又看看我,什么也不回答,扭头就走。我也只好跟着他就走。

他妈妈又问保姆对那位女士的印象。保姆说："我喜欢不喜欢有什么意义，又不是我和她结婚。"

但据说他们家的狗，很不喜欢那位"准艺术家"。"准艺术家"头一次和它套近乎的时候，它不但不领情，还龇她一个龇牙咧嘴。他们家的狗，嘴特别大，大得足以让任何人心惊胆战。

艾克斯的妈妈听了很高兴。

她有什么可高兴的？据艾克斯说，他们家的狗也不喜欢他妈妈，照样对着他妈妈龇牙咧嘴。

我不认为那条狗能分辨是非，能明白我都不明白的那些事，所以就用它的龇牙咧嘴，来表示自己的态度和倾向。在我看来，那条狗可能是同性恋者，不喜欢异类性别。

奇怪的是她已经有了男朋友，还对艾克斯的爸爸说："我们是不是应该重新考虑我们的决定？"

而离婚正是应了她的要求，因为她说她喜欢自由，现在她又想放弃她的自由了吗？

我看倒是艾克斯的爸爸得到了自由，虽然按照妈妈的说法，他得为离婚支付给艾克斯的妈妈，很多很多的钱，可他买到了不让艾克斯的妈妈一天到晚折腾他的自由，包括艾克斯和他妹妹不让他们妈妈折腾的自由。

这么一想，即便花那么多钱，也值了。

所以我想艾克斯的爸爸才会那样说："不，我们还是按原来的计划办。"

可换了这位准艺术家妈妈，艾克斯和他妹妹的情况，就能比现在好吗？当我渐渐长大以后，我知道，很多事就像妈妈说的那样：不一定！

对我来说，离婚真算不上那些大片里的，什么月球或其他星球上的离奇故事，我周围同学的爸爸妈妈，还有我们邻居，离婚的事常有。

爸爸的好朋友泰迪就离过两次婚了。

泰迪即便穷到一个大子儿没有的时候,逢到朋友去探望他,他就是变卖家里一件值钱的东西,也要请大家吃顿大餐。

听说他原来很有钱,至于他的钱为什么越来越少,爸爸也说不清楚,这次金融危机爸爸最担心的人就是泰迪。可是泰迪去别人家里做客时,仍然会带一瓶最好、最贵的葡萄酒。

我同情艾克斯,是因为他怎么有这样一个妈妈!

于是想起我的妈妈,除了像个警察,我对她真没有什么可抱怨的。

可自由到底是什么呢?

按照艾克斯妈妈的意思,就是自己想怎么着就怎么着。

如果是这样,那么历史课上讲到的自由,可就一钱不值了,如果真是这样一钱不值,为什么为了争取独立自由,美国有那么多人牺牲了自己的生命,那些人都是傻子吗……

也许自由有各种各样的解释?

看来,我又得去问我们文学课老师,可惜她就要离开我们退休了。我这样依赖文学课老师,是因为这些过于复杂的名词和它们后面的含义,爸爸或是妈妈的解释,都不大能让我明白。而文学课老师,使我感到"文学"的作用,好像就是用来解释这些不容易解释的事物。

以后,这样的问题肯定还有不少,文学课老师退休以后,我问谁去?当然我们会有新的文学课老师,可是我喜欢我们现在的文学课老师。

我喜欢泰迪。当然不是因为他卖裤子也不会亏待人家的那瓶好酒。

爸爸说,当年他向这位前太太求婚的时候,竟然爬到高架桥上去,身体悬空地在高架桥一侧,用白漆写道:我爱你!

你瞧瞧!

当我们一同去滑雪的时候,泰迪从来不让他的小儿子和我们一起睡在孩子的房间里。

妈妈说，因为他尿床。泰迪不放心他和我们一起睡，如果没有泰迪的照应，他肯定会把床尿湿，那么，奶奶下次肯定更加不欢迎爸爸和他的朋友。

可泰迪也没让他的小儿子睡那小单间，不然他的小儿子就会怀疑，为什么给他这种特殊的照顾？又为什么不能和我们睡在一起？

因为尿床？！多不好意思！

泰迪让他和自己睡在大人的房间，亲自陪伴、照料他，半夜总是喊醒他，让他起来上一趟厕所，所以他的小儿子在爷爷奶奶的别墅里，从来没有过把尿尿在床上的记录。

可即便泰迪如此精心呵护奶奶的床，奶奶也未必对我们的造访，怀有多么美好的期待。

有个周末，我们去看望爷爷和奶奶，回家的时候，爸爸让妈妈和戴安娜先走，他和我还得留一会儿，为的是把我们作践过的地方，整理得如同没有作践过的一样。

奶奶听了爸爸的打算之后，除了眼珠子在眼睛里转了几圈，什么也没说。

我还为爷爷、奶奶剪除了后院的杂草。本来爸爸说他剪，后来又说时间来不及了，让我去剪。说是剪除之后付我二十块钱，最后却只给了我五块钱。他说，另外十五块钱是学费，因为是他教我如何使用除草机的，所以那十五块钱应该归他。

爷爷听了之后对我说："记住了，将来不论和谁订合同，哪怕是你最亲近的朋友，事先一定要确认合同的每一个细节。"

我想我当然记不住。

完成各项扫尾工作以后，和奶奶、爷爷告了别，一上车，他怎么也找不到车钥匙了。

"一定在你妈妈的手袋里，她昨天开过这辆车。"爸爸说。

然后他就给妈妈打电话，可是妈妈的手机根本没开。爸爸马

上给 BMW 汽车公司打电话，问他们能不能马上过来配一把钥匙，人家回答说，对不起，最快也得明天，我们只得在奶奶家又住了一夜。直到晚上，我们才和妈妈联系上，原来途中，她和戴安娜又到什么地方逛了一圈，晚上才到家。

妈妈还对爸爸说："从另一方面来说，这个结果也不错，自你成年后，难得和父母安静地过一个晚上。"

艾克斯的妈妈知道后说："我也常常和我丈夫为了钥匙吵架，如果我们有一天离婚，肯定是因为钥匙……"

而奶奶和爷爷，却似乎没有和爸爸安静地过一个晚上的期待。她对爸爸、也许是妈妈的作风太了解了，甚至可以说对他们戒备有加。因为爸爸和妈妈常常出其不意地，给奶奶来个措手不及。

还有一次，也是去看望爷爷和奶奶，可爸爸事先根本就没告诉他们，我们要带阿丽丝一起去，如果不是奶奶问起我们在她那里的打算，爸爸还不会告诉奶奶。

也不是爸爸不想告诉奶奶，而是"忘了"，他和妈妈比我更健忘，只不过爸爸的健忘，是一种"倾向性"的健忘。

这种不请自来的事儿本来就很没有礼貌，可是当着阿丽丝的面，奶奶也就不好说什么。

也不是奶奶事儿妈，奶奶一早起来就要工作，而睡在奶奶的书房里的阿丽丝，不到十一点不会起床，阿丽丝说，这是她的生物钟。

鉴于汽车钥匙的经验，那次我们没有开车，而是改乘飞机。我们离开的那天早上，奶奶问起爸爸我们航班起飞的时间，爸爸说："没问题，您不用操心。"还一脸被侮辱的神情。

结果怎么着？我们当然误了班机，奶奶悄悄对妈妈说："你还永远不能对这个人说'瞧'！"

妈妈说："我对此深有体会。"

你知道，反正我爸爸就是那么回事。

然后爸爸对奶奶说："那我们明天再走吧。"

奶奶说："对不起，不行，我明天有明天的安排，而且我不希望家里连续几天都是那么多声音。"

我们只好带着阿丽丝住到旅馆去。

妈妈说，她和奶奶没有希望，因为下次爸爸还是会忘记什么。

她自己呢？

艾克斯妈妈的男朋友，倒不像他爸爸的女朋友那样，反倒需要他人的特殊照顾。

他看上去很和善，对艾克斯的妈妈，还有艾克斯和他的妹妹也很耐心、迁就。在不是打鱼的季节，他时时刻刻地陪着艾克斯的妈妈，比整天，尤其是周末也不着家的约翰强多了，还教会了我们潜水。

当然他不是一般的打鱼，而是为日本人捕杀鲸鱼。

我在《国家地理》杂志上看到捕杀鲸鱼的故事。

鲸鱼是世界上性情最温和的动物，它们在这个地球上已经生活了几千万年，是比人类还古老的地球居民，可是自从有了人类，它们就遭了殃，只因为有人说，它们的脂肪对人体有益。

我也在电视上看到过如何捕杀鲸鱼，实在太残酷了。

刚见到捕杀它们的船只时，还以为是友人来访，它们毫不设防地靠近、更靠近那些心怀阴谋的船只，并高兴地跳出水面，舞动它们的尾鳍，喷出一组组水柱，表示友好和欢迎；张开它们像婴儿那样可爱的嘴巴，发出各种声音，渴望着与人类的交流，渴望人类懂得它们的语言……

直到从船上发出它们不解的动静，并有炮弹打在它们身上，使它们的生命受到威胁时，它们才知道，友好只是它们的幻想。

然后它们就被那些船只长时间地追逐，不断经受从船上发射出的一次又一次炮击……担惊受怕地逃亡、逃亡，直到筋疲力尽，再没有力气摆动它们的鳍翅，最后被人们用那带有爆炸物

的、像箭头一样的鱼叉射中。

巨大的鲸鱼并不容易死亡，人们就用鱼叉一次又一次刺杀受伤的鲸鱼，或是一次又一次向它开枪，它们的血把大片海域染红……即便已经无法呼吸，它们也不会马上死亡，它们的心脏还能向大脑供血，还能感到疼痛……就在它们还能感到疼痛的情况下，捕猎者就把它们一切两半！

…………

我真不明白，那些捕杀鲸鱼的人，怎么能对这样友好的、完全没有能力还击的、可爱的动物下手？不说别的，就看看它们那婴儿一般的嘴巴，谁还能下得去手呢？

干这种事的人，不论是谁，我也不会和他做朋友，更不要说成为自己的男朋友或是女朋友！

我不能说，人类是这个地球上最坏的动物，因为我们周围也有好人，可我越来越不能像从前那样，相信所有的人、所有的事，有时候，我甚至觉得人类可怕，很可怕！

艾克斯问过他妈妈的男朋友："世界上有那么多环境保护组织、动物保护组织，第二次世界大战后还成立了有六十一个国家参加的 IWC 组织，反对捕猎鲸鱼……可你为什么还要捕猎鲸鱼呢？"

他回答说："为了生活。我没有别的本事，只有这一个本事。"

我想他说的是实话。妈妈也说，他说的是实话。

"到麦当劳端盘子也可以解决生活问题啊，为什么一定要捕杀鲸鱼呢？"我问爸爸。

"可是他希望有更好的生活。"

"为了自己更好的生活，就可以捕杀鲸鱼吗？"

"那不是他的责任，是雇佣他的人的责任。"

"也就是日本人的责任，对吗？日本人为什么非吃鲸鱼不可？这是一个残酷的民族吗？"

我看过有关第二次世界大战时期的历史，我不能说我喜欢日本人。可是每当我说起在历史书上看到的那段历史,并说我不喜欢日本人的时候,爸爸就说:"詹姆斯,你错了,那是日本的法西斯,而不是日本人。"

"日本法西斯不是日本人吗? 那他们是日本的什么民族?"

爸爸没有回答。

"为了生活,我们就得干很多人们反对的事吗?"我又问。

爸爸说:"是的,就像我想辞职不干这份工作,可是为了家庭的责任,我不能辞职。"

"你的工作并没有人反对啊!"

"我反对。"

"我们谈的,是人类对生态环境的破坏,而不是个人兴趣,你难道分不清楚吗?"妈妈这些话,是对我说的还是对爸爸说的?

我又问爸爸:"如果我们每个人都从自己做起,总会好一些,是吗?"

"不是。"

"为什么不是?"

"有时候我们改变不了世界。"

"你是说,改变不了那些残酷的事……"

爸爸不说话了。

艾克斯妈妈的男朋友看上去很善良,结果是个杀手,虽然杀的不是人。"法律裁定杀人是有罪的,可是杀一个比人更巨大的生命,却没有罪……"

"鲸鱼不是人。"戴安娜说。

"可它是生命!"我跟她说不着,说老实话,她还太小,还不太懂得更多、更复杂的事情。

妈妈又开始说那个老问题:"詹姆斯,你问的这些问题,有关道德法庭,而不是社会法律。"

难道世界上有两种裁判的标准吗?

"什么是道德?"

"就是一个品德高尚的人的行为标准。"

"比如？"

"比如，你那次把赢来的钱还给了人家。"

把赢来的钱还给人家，是妈妈让我那样做的，如果不是妈妈那样告诉我，我根本想不到那样去做，但我非常同意妈妈的建议。

那次和朋友们比赛投篮，他们先说我一个球也投不进去，我说："咱们打赌吧，我进一个球，你们就得付我一块钱。"

他们说："行，就这么办。"

其实大家对我了解得还是太少，在我来说，明明是很不在行的事，只要一打赌，准赢，我也不知道这是怎么回事。

结果怎么样，我投了十次球，进了十个球，理所当然地赢了十块钱。

回家以后，我很得意地对妈妈说了这件事，妈妈说："你得把这些钱还给人家。"

"为什么？"

"你的目的是什么，不就是想证明自己的能力吗？你赢了，就已经证明了你的能力。还因为，这不是你朋友们挣的钱，而是他们父母挣的钱。"

"你把钱还给他们的时候，还应该对他们说，'如果将来你们挣钱了，我就是赢你们十万块钱，也会毫不犹豫地拿走，现在你们还没挣钱，这些钱应该说不是你们的钱，我不能拿'。"

妈妈这些话，让我突然有了一种顶天立地的感觉，我想那就是妈妈所说的，品德高尚的人的行为准则吧？

我把钱还给了朋友，还照着妈妈的话说了一遍，尽管当时他们什么也没说，却请我去吃了冰激凌。

后来同学中传开了一句话：詹姆斯·邦达，就是詹姆斯·邦达。

"我希望有一天，道德法庭也有制裁的权力。"

"如果那样,你能保证你一生没有上道德法庭的可能吗?如果有,你还坚持道德法庭可以治罪的主张吗?"半天不吭气的爸爸说。

我不敢说话了。

戴安娜说:"嘿,嘿,别说了,你还吃牛肉、鸡肉、鱼肉呢,因为它们没有鲸鱼大,就不算生命了吗?刚才你还趁我和妈妈说话不注意的时候,从我的盘子里拿走了最大的一块烤鸡。"

没错,我那么爱吃肉,而且特别能吃,遇到吃肉的时候,妈妈给我装的盘子,几乎是爸爸的一倍。就是那样,过一会儿我又饿了。奶奶说,这是我长身体的需要,说爸爸小时长身体的时候,也是这么能吃肉。

"但我没有杀死他们。"

"可是你吃了它们,你就是帮助了杀死它们的人。"

整整一天,我都高兴不起来,可不是因为戴安娜说我是帮凶。

二

虽然是艾克斯的爸爸和妈妈离婚,跟我们没有什么关系,还是让我和戴安娜感到了不安。可能因为距离太近,也就是说,不但艾克斯是我的朋友,他的爸爸也是我们家的好朋友。

大嘴戴安娜问妈妈:"你和爸爸会离婚吗?"

妈妈说:"反正现在不会。"

"将来呢?"

"谁能说出将来的事呢?"

"噢!"戴安娜惨叫了一声。

我问:"人们为什么要离婚呢?"

"原因可能很多吧,也许他们觉得在一起不快乐,也许还有别的原因……"

别的原因?

爸爸打呼噜吵得妈妈不能睡觉,算不算原因?

爸爸整天净顾着玩儿,不太管我们、也不太管家里的事,算不算原因?

妈妈像个警察,算不算原因?

还有他们关于 C 等生和 Ph.D 的争论,算不算原因?

他们经常吵架,算不算原因?

其实他们吵架的理由也很乏味,光凭他们吵架的理由那么乏味,说不定就得离婚。

妈妈的朋友约她去听音乐会,我听见她在电话里说:"谁的?太好了,可惜我不能去,我丈夫和我吵架了。

"为什么?噢,我也忘了!所以我今天晚上要和他谈一谈。不,不,不复杂。其实,一般来说,拍拍男人的背,再说一声:'甜心,我最近没有顾得上关心你,是因为我知道你永远在背后支持着我,对我来说,你就是我的保险箱啊,难道不是吗?'如此这般也就行了。"

这番话,我不止一次听她对爸爸说过,没有一点新鲜劲,可是爸爸还很爱听,一听就忘了他们吵架的事。

换了我,这些没劲的话听多了,很可能会离开,而离开就是离婚啊……

若是真想起来,人们离婚的原因还真不少。我还记得妈妈说过:"等你们长大了,我非逃走不可。"

你见我妈妈什么时候说过空话?

是啊,等我们长大以后,上了大学,除了寒暑假,几乎没有多少时间像现在这样天天待在家里,妈妈和爸爸也再不会像现在这样,无时无刻不守在我们身边,尽他们的责任。我们不但到了必须为自己负责的年龄,甚至还有了对别人、别的事情的责任。

那时,妈妈再也不必为了对我和戴安娜的责任,而忍受再教育第三个孩子——也就是我爸爸——的麻烦了。那第三个孩子,还不像我和戴安娜这样,听妈妈的话、觉得妈妈说的果然有道理。

　　回家以后，妈妈问我的脸上怎么回事，我说："打球的时候撞的。"

　　一个男孩子，怎么能说自己被人打了的事！（p.116）

的确,妈妈是太累了……没准儿,她真到了应该休息休息的时候。

可是有天我们去墨西哥馆子吃饭,爸爸点的是墨西哥卷饼,里面有很多黑豆子,妈妈说:"噢,今天晚上我不但要听你的呼噜,还得闻一晚上臭屁了。"

我一听机会难得,马上说:"妈妈,没关系,我可以和你换房间,你到我房间去睡吧。"

可是她和爸爸对望一眼,对我这样热诚的帮助,居然什么反应都没有,连声谢谢也没说。

"那么他们决定结婚的时候,一定觉得在一起是快乐的,所以才决定结婚,是不是?"

"可能是吧。可是事情会变化的,世界上所有的事情都会变化。"妈妈轻轻地说,可我怎么听,怎么都是那么冷酷。

"我不喜欢这样的变化,它让我不快乐。"

我想起爸爸说的,当年泰迪向他前太太求婚时,还曾爬到高架桥上,身体悬空地在高架桥的一侧,用白漆写上"我爱你"!

可现在,他们却也离婚了!

刚才没词儿的爸爸,这会儿来了词儿,说:"詹姆斯,世界上的事情,不是随我们愿意或是不愿意而存在的。你愿意长大还是不愿意长大?"

"有时候愿意,有时候不愿意。"

"可你毕竟得长大,而且还不能返回从前。"

要是什么时候想长大就长大,什么时候想回到从前就回到从前该有多好!但是爸爸说得对,那是不可能的。

"更大的问题是,如果我们不能适应这些变化,我们就会受伤。就像你说的,这种变化让你不快乐,很多事可能还不只是让你不快乐,所以我们得学习,如何承担得起那些让我们不快乐的变化。"

　　我想妈妈可能就是承担得起变化的人。刚和爸爸吵完架，或是刚让戴安娜的不及格闹得心烦意乱，转过头就唱上了。

　　她的声音不怎么好，可是挡不住她唱个没完。有时姥姥姥爷和我们乘一辆车，她和姥姥就唱起来了，据说都是世界名曲，可我怎么就听不出来好在哪里。

　　姥爷说："什么世界名曲，让你们妈妈一唱，准砸锅。"

　　我们正在讨论如此重要的问题时，戴安娜就着三不着两地插嘴说："嗨，我的同学有两个爸爸。"听上去就像在显摆一件只有她见过的稀罕物。

　　我说："我有个同学还有两个妈妈呢……"接着我问戴安娜，"他们接吻吗？"

　　戴安娜说："是的。"

　　"真恶心。"

　　妈妈说："到了学校你可不能这么说。"

　　我说："那不是撒谎吗？"

　　"不说不等于撒谎，如果你在家说恶心，又对人家说你没说过，那才是撒谎。"好吧，照妈妈说的办，到了学校我不说这些，因为她是律师。

　　戴安娜说："为什么有的同学是两个妈妈，有的是两个爸爸，那是怎么回事？"

　　爸爸想了想说："他们是同性的恋人。"

　　"什么叫同性恋人？"

　　"就像爸爸爱妈妈一样，只不过他们是同样的性别。"

　　"不，不一样。只有很少的同学有两个爸爸，或是两个妈妈。所以他们不正常，很不正常。他们接吻的时候，真叫一个恶心……总而言之是恶心。"戴安娜还做出恶心呕吐的样子。

　　"戴安娜！"妈妈向她吼道："不能这样说人家。"

　　"谁告诉你跟大家一样才叫正常？有时候、有的事，就是少数人的事，比如有人长了六个手指头。"

　　我认为爸爸这个例子不对，如果长了六个手指头算是正常，为什么还有人去医院割掉那个多出的手指头？

"什么？你认为六个手指头是正常的？"戴安娜喊道。

妈妈说："很多事我们也不懂，没法向你们解释清楚。有些知识呢，人类现在还没有掌握……

"为什么有的人眼睛是蓝色的，有人是绿色的，有人是黑色的；为什么有人生下来是男人，有人生下来是女人；有的男人只喜欢男人，有的女人只喜欢女人……这都是我们自己不能决定的事，更不知道是谁给了我们这样的区别，也许将来科学家可以清楚而简明地回答你们……当然，还有个人的选择，比如你选择的那些服饰，有些我还觉得恶心呢。那又怎么办，我只能尊重你的爱好。"

戴安娜说："因为我喜欢。"

"所以说，那也是个人的一种选择，人家就选择了同性恋。"

我向往科学家的职业，他们总是生活在探索之中，我最有兴趣的不是已经知道的事情，而是我们还不知道的那些事情，可是我不能对他们说，我又想当科学家了。他们总是笑话我，说我对自己未来的职业，不知有过多少次变更了，还把这叫做三心二意。

妈妈说到的那些事，真的还没法说。如果说到个人的选择，哪怕你选择的是头朝下走路，人们也不该多说什么，是不是？

三

艾克斯的妈妈和爸爸离婚的同时，我舅舅却要结婚了。

这叫怎么回事！

正像我们和爸爸妈妈讨论过的那样，舅舅和未来的舅妈，是因为在一起感到快乐，他们才结婚的，对吧？

那么有一天舅舅和未来的舅妈，会不会感到在一起不快乐了？也就是妈妈说的什么事情都会"变化"，这一变化，他们是不是也要离婚？

你看,他们还没结婚,我就想到有一天他们要离婚的事了!

不过现在先不说他们结婚还是离婚的事儿。

我妈妈那个系统的人,都有点非比寻常,或者像妈妈说的,"不务正业",可我认为这不能包括我。

舅舅放着好好的银行工作不干,突然,说辞职就辞职了。还说:"我宁肯不要那么多分红,也不想再看人家的脸子行事了。"

爸爸说:"那是因为你已经挣够了钱。"

舅舅说:"难道我只有在银行混的本事?看来你是太不了解我在其他方面的能力了。"

就像要证实自己的能力,辞职之后,舅舅马上就找了一个和银行八竿子打不着的、我们谁也没想到的工作。

当他告诉大家这个消息时,乍一听,我们还以为他说着玩儿的:通过考核,他在某个大饭店,找了个名副其实的配酒师的工作。

我问妈妈:"什么是配酒师?"

她说:"就是客人在用餐时,面对品种繁多的酒单,不太容易决定用什么酒配餐,那时,就可以咨询饭店的配酒师,而配酒师可以根据自己在酒品方面的渊博知识,建议客人哪道菜配哪种酒。当然,只有在大饭店里才有配酒师……"

据说没过多久,舅舅就"在餐饮业混得很有一些名气",这是妈妈的话。

爸爸对舅舅这个品酒工作羡慕得不得了。

他本来就爱喝,不像舅舅仅仅是葡萄酒迷,他是爱尔兰威士忌迷。尤其在周末,如果你看见他说话声音软软的、前言不搭后语,还一味迷迷糊糊地对你笑,那就是他喝多了。

好几次,半夜三更地,我和妈妈,把躺倒在前门草地上的爸爸拖回家,不用问,他肯定是去什么人家里 party 了。

我和妈妈一人架着爸爸的一条胳膊,拖着爸爸往家走,爸爸仰面朝着满天的繁星,两条长腿在草地上蹭着,说:"那么多冰块啊!"还问我们:"怎么没有给我放冰块?"

妈妈照他的头上就是一巴掌,说:"放了,接着!"

他可真是沉啊!别看妈妈那么小的个子,和我一起拖着爸爸往家走的时候,一点不比我的贡献小。

她说:"我这力气是练出来的,你要是经常这么练,也会练出大力气。"

想必我还没有出生的时候,妈妈就经常这样拖爸爸回家了。那时候,还没有我的帮忙,她只得一个人单练,结果就练出这样的力气。

过后爸爸还说:"我有什么错?我不过是一进家门就上床睡觉罢了。"

看来,他是一点也回想不起,他是如何躺倒在前门的草地上了。就是我们向他描述当时的情景,他也是来个不承认、也不否认。

睡到半夜,我迷迷糊糊地看见爸爸进了我的卧室,还把我摇醒了,问我:"马桶呢?我怎么找不到马桶了?"

想必是他要上厕所,结果走错门,跑到我的卧室里来了。我真担心他会把我的床当成马桶,在我床上撒泡尿。便把他搀进厕所,按在马桶上,然后回我房间,还把门一锁。

结果你猜怎么着?也不知他上没上厕所,他就那么坐在马桶上睡着了,一直睡到第二天早上。

现在舅舅更有话说了,经济危机不但没影响他什么,他后来开的那个咖啡馆还特别受欢迎,简直可以说是顾客盈门。

妈妈说:"因为眼下大家花钱都很谨慎,不再放手消费那些大饭店、高档旅游项目……这些口味不俗的小饭店、咖啡店、书店,就成了人们消费、消遣的最好选择了。"

妈妈还说,舅舅之所以这么有恃无恐,说辞职就辞职,是因为他有很特殊的味蕾:短时间内品尝多种酒之后,各种酒的味道,很快就能从舌头上自行清理干净,不会留下任何回味。

对于一个品酒师来说,这是再难得不过的事,十分便于他在品评下一种酒时,不会将前后两种酒的味道混淆。也就是说,前后两种酒的味道,互相之间绝不搭茬儿。

据说这样的舌头,几百个也难遇到一个。

舅舅的业余时间,几乎全用来干这个了。妈妈说:"像他这样的单身汉,不知是多少人的选择对象,而他却把时间,完全用在了如何品酒上,还到什么学校去旁听品酒方面的知识。"

"不知是多少人的选择对象"?就凭舅舅这只有个大白肚子的青蛙?我很怀疑妈妈对舅舅的评价。

确实,多年来也没听说过舅舅和哪个人谈恋爱,所以妈妈还问过舅舅:"你是不是同性恋啊?"

舅舅向她大吼一声,她才闭嘴。

我和戴安娜曾经和妈妈爸爸讨论过什么是"同性恋",他们说得头头是道,在我们说"恶心"的时候,还严厉地教训过我们,就像他们自己是"同性恋"那样地捍卫过"同性恋"。

既然如此,为什么妈妈问舅舅是不是"同性恋"的时候,舅舅对妈妈大吼一声呢?

我真不明白,到底该不该相信他们对我们说的话。

舅舅很为他的味蕾而骄傲。妈妈说:"就跟他得了诺贝尔化学奖似的。"

舅舅因此也很爱惜他的舌头,从来不吃带硬壳的果仁,不喝过冷、过烫的饮料等等。要是我,就干不了这个差事,如果在饮食上对我的舌头有那么多限制,那该是多么大的牺牲。

其实,我也有那么点品味的天赋,虽然没有舅舅那样独特,也没有像他那样,受过什么法国品酒学校的训练。但妈妈常常为我的品味能力而惊奇,好比她做的那道鱼,我一吃就吃出来,浇汁里使用了白葡萄酒,我说:"有白葡萄酒的味道。"

"可你从来没有喝过酒,对吧?"

"我也从来没有少嗅过。"这说的不论姥爷、爸爸、舅舅都是葡萄酒爱好者。只不过姥爷、爸爸，都没有舅舅专业就是了。

所以爸爸和舅舅特别哥们儿，如果爸爸是"同性恋"，我想，他很可能会和我舅舅结婚，而不是和我妈妈结婚。

看来人人都得有个绝技，我的绝技是什么？

妈妈说："别着急，说不定哪一天，你就发现自己的绝技在哪儿，也就是说，你的潜质在哪儿。其实每个人都有自己特殊的潜质，只是很多人可能一辈子都不会发现自己的潜质在哪个方面……可惜，真的很可惜。"

姥姥却说："记得吗，你五六岁的时候，就会破译保险箱上的密码。"

我一想，可不是嘛，而且不用任何工具。这样的人，恐怕也是几百个人里头才能有一个？

现在我的推理数学题，就是妈妈，也得想上一会儿，而我一下就能明白，爸爸趁机说道："还不赶快给咱们家那个耶鲁大学的 Ph.D 讲解一番？"

妈妈说："你大概还不如我。"爸爸就讪讪地走开了。

妈妈说："如果你舅舅继续待在银行，哪儿能轮到他这样一枝独秀。"舅舅不认为这是妈妈对他的肯定。

他白了一眼妈妈，说："我不和你谈什么一枝独秀不一枝独秀，我就跟你谈我的分红数就行了。"

不知道舅舅的这份工作，是不是艾克斯爸爸的推荐，反正舅舅一来我们家，如果轮到约翰休息在家，舅舅一定会抽出时间，到纽约第一大厨家，与约翰相聚。约翰什么也不必准备，一瓶葡萄酒就行。

喝着酒，自然会谈到各种酒的优劣，舅舅谈得头头是道，姥爷说："这是因为他把挣来的钱，都用来喝酒了。所幸他不酗酒，只是拣好葡萄酒喝而已。"

舅舅在银行的收入不低,仅年底分红,据说就有百万之多,所以他根本不在意年薪多少,只谈分红。如果这些钱用来喝酒,恐怕世界上最贵的酒,他也敢喝。

是不是约翰从此了解到了舅舅在品酒方面的能耐?

见舅舅辞职不干,爸爸十分羡慕地对妈妈说:"他的选择是对的,谁愿意老看上司的脸子……我还想辞职另找工作呢。"然后问妈妈:"你愿意跟我一起离开纽约吗?"

妈妈连想都没想,马上回答说:"不,不愿意。"

爸爸像每每和妈妈谈话之后,那样无奈地说:"可以理解。"

妈妈说:"这次世界经济危机,大约三四年也过不去,处处都在裁员,你没让裁员已经够幸运的了,还想辞职!这种时候,你以为随便就能找到比现在更称心的工作?你别看我弟弟,他什么负担也没有,你呢,如果找不到工作,孩子们怎么办?我不在乎什么水准的生活……不过你先想想戴安娜和詹姆斯的学费再说吧。"爸爸顿时就没了脾气。

我和戴安娜的学费其高无比,我也不知道他们为什么要送我们进这所学校,据说是因为比公立学校要求严格。

严格的标准是什么?

戴安娜的家庭作业,一直要做到很晚。最近戴安娜回家以后,什么也不能玩儿,只能做家庭作业,一直做到十点,才能上床睡觉,昨天晚上九点上床,还算是早的。

妈妈非常赞成老师的做法。她说,对逻辑混乱的戴安娜来说,就需要这样严格的训练,尤其是语法和课文的分析,这都是为她的思维、组织能力打基础。

我相信妈妈从小到大就是这么训练出来的,可姥姥姥爷是这样的父母吗?他们的作风和我们家这位"警察"的作风,看上去十分不搭界。

不过也是,除了在思考穿戴、饮食方面之外,在其他方面,戴安娜的思维、行为都十分混乱,毫无逻辑。妈妈的铁杆好友朱丽亚说，戴安娜属于"机灵鬼儿"，而我属于"小学究儿"。

我的老师倒是不给我们留这么多家庭作业，妈妈说，这不正常。

这有什么不正常，是不是我也十点上床才好？不过就是数学老师留的家庭作业再多，我也不烦，我很喜欢数学，尤其是对几率的逻辑分析。我对这种分析特别内行，连 Ph.D 妈妈，看了我的作业题一时都得蒙眼，可我一眼就能看出所以然来。

然后她就和爸爸到学校找校长谈话，他们认为我那位不爱留家庭作业的老师不负责任，以致我的表述能力低下，要求下学期给我们换个老师，据说其他家长也有这样的意见，家长们还说：我们付了那么多学费，校方就得听我们的。我看这位老师是要倒霉了。

所以有些老师对那些放肆的学生，也不敢严厉管教，不然家长们就去找校长。我想，在我们学校当个老师，比在公立学校当个老师困难多了。

家长们这样做，对他们的孩子有好处吗？

辞职的事，爸爸并没有死心，那天他回家比平常早了很多，"大嘴"戴安娜问道："爸爸，你被解雇了？！"

爸爸听了不但不生气，还满脸放光地说："我倒是愿意被解雇。"

妈妈听了，非常不高兴地说："我早就看出来你对家庭的责任心有问题。如果你还是那个无牵无挂的 C 等生，解雇你多少次我也不在乎，可能还觉得你酷呢，可现在你是两个孩子的父亲，不论你做什么决定，都要想一想你的决定，对孩子们的未来有什么影响。"

"C 等生怎么了，你也不是今天才知道我是 C 等生，别老暗示你的 Ph.D。"

最后，爸爸倒是没辞职，但是向公司提出每周在家工作一天，他说自从有了电脑，其实在哪里工作都一样。

可是我们放学回家后,并没有看见他在书房里办公,而是打冰球,以及进行其他的球类活动,再不就是找吉姆玩儿去了。

他现在比前些日子滋润多了,看得出心情十分好,也不经常向我大吼了。

阿丽丝卧室的厕所堵了,他也能很快地给那些维修公司打电话了;厨房、地下室坏了很久的电灯泡,也换上了新的;家里许多该修理的地方,也修理了……可是妈妈和他大吵了一架。

我现在有点理解,为什么妈妈老说她有三个孩子了,如果可能,她肯定不希望自己有三个孩子。为我和戴安娜操心,是正常的操心,而为爸爸操心,就是额外的大操心了。

我真担心他们这样吵下去,会不会像艾克斯的爸爸和妈妈那样,最后以离婚来结束他们无休无止的争吵。

我舅舅号称是独身主义者。

现在,他终于要结婚了,我猜这是因为他的那只狗死了,如果那只狗不死,舅舅肯定不会结婚,他就是他们家的第二只狗。

我也很爱他的那只狗,它死的时候,我非常非常伤心地大哭了一场。

妈妈并没有责怪我,平时一见我想流泪,她就先鄙视地看着我,说:"我可不希望我的儿子,像个歇斯底里的女人。"

而那次,她不但什么也没说,更没有鄙视地看着我,还搂着我的头——而不是搂着我的身子——就像我的脑袋十分脆弱,需要特别保护似的,轻轻地拍着我的后背。

舅舅说,目前他暂时不养狗了,可能我未来的舅妈不愿意养狗。

当然,或许是舅舅已经从品酒学校毕业,有时间和女朋友约会了。

说到舅舅和舅妈的相识,也很有姥爷家的做派,这是爸爸说的。

舅妈的家族，是有名的葡萄酒制造家族，他们生产的一种久负盛名的葡萄酒，居然被舅舅否定，还写了文章发表在《美食》杂志上。

于是那种被人认可的葡萄酒销量，立刻下滑。

然后未来的舅妈，就到舅舅工作的那家饭店去用餐，点了不少奇怪的菜，还指名要我舅舅说出每道菜，应该配用的葡萄酒。

舅舅也不知道底细，只觉得这个女人有钱没地方花，在人眼前摆阔而已。对这种摆阔的人，舅舅特别讨厌，所以他把各种口味的酒应该配的菜，说得越发仔细。或许他想用他渊博的品酒知识，镇一镇这些摆阔的人。

他的配置一一合理，果然把葡萄酒家族的这位成员给镇趴下了！

舅舅也不张扬，慢慢说来，用词也不浪漫，不是"香芹"、就是"basle"的味道，再不就是"蘑菇、胡椒"的味道，哪里像在品评葡萄酒，而像是大厨做菜。

未来的舅妈说："这是葡萄酒，你能不能做一点浪漫的比喻？"

舅舅回答说："我不是抒情诗人，我是品酒师。"

事先，舅妈还通知了一些记者，本以为以她这个行家里手对阵舅舅，一定会让舅舅大大出丑。

可是没想到，却让自己、葡萄酒家族最厉害的一员，大丢面子。

舅舅反而从此名声大噪。

最立竿见影的效果是，在酒业举足轻重的《葡萄酒爱好者》杂志社，竟聘请舅舅做了他们的特约评论家。从此舅舅不再是《美食》杂志上偶尔发个小文章的业余写手，而是专栏作家了。

那家杂志的报酬再高，也高不过舅舅在银行的分红，可是他真的很高兴，满脸放红光。他本来就胖，脸也足够大，这一放红光，整个就像升起一轮红太阳，还真耀眼。

他一高兴，又想到开创新业，于是在曼哈顿最热闹的地区，

开了一家不大不小，经营上等咖啡和小吃的咖啡馆。

小吃的品种也不多，只是非常精美。说真的，他那个咖啡馆里的三明治可真好吃，尤其夹奶酪的，据说那种奶酪，是用三种羊奶制作的，味道最好。

不是说没有小吃店卖以这种奶酪制作的三明治，尤其在曼哈顿那样的地区，什么东西没有？只是卖家较少，因为成本高，盈利自然就小。

可舅舅说："我的原则是不赔本就行，并没打算用这个挣大钱，我只是想和同道人一起享受美食。"

什么是"同道人"？

艾克斯说："就是一起走路的人呗。"

所以每次舅舅来我家之前，问我要什么礼物的时候，我总是点那种三明治，而戴安娜就点他自制的甜点。我们都很高兴，我们有个开咖啡馆的舅舅，而不是在银行里干活的舅舅。照这么说，我也可以算是舅舅的"同道人"。

没想到，他的咖啡店生意非常之好，回头客特别多，有时他自己还亲自下厨，显摆显摆他制作甜点的技艺。

他一点没有老板的样子，还是一件大 T 恤，看上去比他的店小二还店小二。只是不敢穿大裤衩了，因为不符合饮食店的卫生标准。

由于人们喜欢他的咖啡店，他还结交了一些像他那样奇怪，据他说，是非比寻常的朋友。

从前我不怎么喜欢去纽约市里，我又不像妈妈那样喜欢参加 party，也不像戴安娜那样喜欢购物，但自从舅舅开了那个咖啡店，我开始愿意到纽约市里去，如果爸爸妈妈带我进城，我就对他们说："你们愿意上哪儿就上哪儿，我在舅舅的咖啡馆等你们。"

我还真不是为了吃他的三明治，就算我可劲儿吃，我能吃几个？我喜欢他的那些朋友，特好玩儿。

他们多大岁数了？还像我们学校那些高年级同学那么"酷"，

而姥爷说:"'酷'什么'酷',吊儿郎当而已。"

对姥爷的话,舅舅来个不稀搭理。

未来的舅妈哪里甘心,找到杂志社,对人家说,她要和舅舅讨论一下如何品尝红酒的问题,因为她对舅舅经常发表在杂志上的有关红酒的文章,很有兴趣。

杂志社的人也没多想,就给舅舅打了电话,说是有人对他那些文章很有兴趣,想和他作更深入的一些探讨。

舅舅反正没有什么要紧事,又加上是他喜欢的话题,杂志社也没说清楚,他不知道那位想要和他探讨品酒问题的,就是曾经想要刁难他的女士,以为求见的不过是崇拜他的一位"粉丝"。

我不是说舅舅的坏话,他真有点儿爱虚荣,我就没有这个毛病,谁说破天去,我该坚持什么就坚持什么。

他当即答应,在"星巴克"咖啡店和这位读者会面。

听说是一位女士,舅舅还特地换上比较正式的衣着。所谓正式,就是没穿 T 恤,而是一件烫过的白衬衣。

平时,我妈妈那个系统的人,穿着都很不"正式"。尤其舅舅,可能因为他的身材欠佳,不在银行上班以后,更是从西装套服里解放出来,一件 T 恤和一条大裤衩,就是他的最爱。

事后妈妈说,这一点舅舅倒聪明,没有把未来的舅妈引到他经营的咖啡店去,如果引到他经营的咖啡店,那家咖啡店非让她砸了不可。

到了咖啡店一看,原来还是见过面的,法国那个经营葡萄酒家族的成员。算是早已相识,舅舅还客客气气地为她点了一杯卡普奇诺。

未来的舅妈,没有喝一口舅舅为她点的卡普奇诺,还说,"只有那些只懂得吃快餐的人,才把'星巴克'的咖啡当回事。"

舅舅笑笑,想起她在饭店摆阔的事,想起和她的会面,顶多不过几分钟的事,值不得和这种人计较。

结果呢,谈了没两句,未来的舅妈借茬儿和舅舅争论起来,

然后她那杯卡普奇诺,就很利索地泼到了舅舅的衬衣上。

连我都知道如何对待女人,比如对戴安娜,顶好是别招惹她,我想舅舅对未来的舅妈也应该如此才是,可他,居然还和她争论什么!

后来舅舅对妈妈说,什么吃快餐不吃快餐的人,什么把"星巴克"的咖啡当回事不当回事……他说:"那杯卡普奇诺她一口都没喝,肯定是早有预谋。"

泼了舅舅一身、一脸的咖啡之后,未来的舅妈自己反倒哭了起来,而且哭得很厉害,好像不是她泼了舅舅一身咖啡,而是舅舅泼了她一身咖啡,还打了她一个耳刮子似的。闹得在"星巴克"里喝咖啡的人,都不算和气地看着舅舅。

这么一来,舅舅从咖啡店出来的时候,就像刚刚洗过很多女人爱洗的、说是可以美化皮肤的那种泥澡。妈妈时不时就会在那种泥里泡上一泡,只不过她一定会把那身泥洗干净才会往外走。

好在纽约的人是见过世面的人,纽约是无论什么事都可能发生的地方,无论发生什么事谁也不会觉得奇怪的地方。

所以舅舅穿着那件衬衣,大摇大摆地回了家,顺便还在超市买了当日的晚餐。

过了没几天,未来的舅妈又给舅舅打电话约见,舅舅说:"对不起,我不准备再报废一件衬衣,我也没时间去奉陪这些无聊的游戏。"

未来的舅妈说:"我就是为了赔偿衬衣约见你的。"

舅舅说:"我还支付得起报废一件衬衣的消费。"

…………

即便后来,未来的舅妈不断以送衬衣为由与舅舅约会,舅舅还是一个不理不睬。

她不知哪里探得舅舅的咖啡店,不说每天,至少三天两头有那么几个早晨或晚上,光顾一下舅舅的咖啡店。

舅舅以为她是来找借口砸他的咖啡店,尽量躲着不和她照面。可是很难掌握她来咖啡店的时间,舅舅也不能老不来打理店里的事情,只好硬着头皮到店里来。

没想到她不但不再和舅舅大吵大闹,反倒安静下来,静静地喝着咖啡,看起来就是坐在那里享受咖啡而已。

或是拿着笔记本电脑,不知道是在那里工作还是干什么,再不就拿本书看,也不能说她是装的,因为看到有意思的地方,她会笑出声或是连连摇头叹息。

如果碰上舅舅恰巧在店里,也没话找话地和他搭讪,甚至显出完全没把舅舅放在眼里的样子。

倒是舅舅沉不住气了,趁着结账的机会,对她说:"这个咖啡店,并不是我谋生的手段,不必特别关照。"好像是不希望未来的舅妈,整天泡在他的咖啡店里。

未来的舅妈,胸有成竹地看着舅舅笑了笑:"我当然不是为了关照你的咖啡店。"然后还来了一句当下流行的、麦当劳的那句唱词:"我就是喜欢!"

反倒闹得舅舅没词儿了。

渐渐地舅舅就放松了"警惕"。

爸爸说:"论起打持久战,男人绝对不是女人的对手。"说完,还瞟了妈妈一眼。

妈妈做出根本不稀罕和他争论的样子。

直到有一天,妈妈对爸爸说:"……想必是到了火候,前几天她对弟弟说:'不是我虚伪,你的咖啡真比"星巴克"的咖啡高明多了。'看吧,接下来有戏看了。"

我说过了,舅舅有点爱虚荣,人家这么一捧他的咖啡,他马上忘记前嫌,乐得闭不上嘴。还说:"如果你喜欢,请常来。"

妈妈说:"人家正为想不出常来的理由发愁呢。"

爸爸说:"谁也架不住这样的死缠烂打。"

结果是舅舅只得上套。

爸爸说,如果舅舅不写那篇批评她们家族酒业的文章,可能舅妈也不至于死活要和舅舅结婚。舅妈之所以嫁给我舅舅,就是让我舅舅对他们家族制作的葡萄酒从此闭嘴。

可后来的事实证明，我舅舅不但没闭嘴，反而因为打入敌营，所知更多。

说起他们的婚姻，也很滑稽。

舅舅本来是去拒绝她的爱情，结果却答应和她结婚，据说是她当时哭得很厉害，还说她要自杀，于是舅舅一下就忘了他是去干什么的。

爷爷说："越是喊着要自杀的人，越不可能自杀。"

我觉得这话，爷爷也应该对我们校长说一说。我当年说要自杀那档子事，正像爷爷说的，越是喊要自杀的人，越是不可能自杀。这么说来，校长根本就不应给妈妈打电话。

不过这事过去多年，我也不说了。再说，现在——我是说现在，将来怎么样，我也不敢说——我越来越没有什么败行劣迹，值得校长再给妈妈打电话，妈妈也很少被校长招到学校来了。

问题是，舅舅又不是不知道，不论什么时候，舅妈都是说哭就哭，而且哭得很厉害。后来我才发觉，舅妈和戴安娜有点相同，也是说哭就哭，说笑就笑。

舅舅"求婚"前一周，妈妈问起他的婚事，他还对妈妈说："还不一定、还不一定，眼下我有两个选择……"

妈妈说："下周你就要求婚了，现在居然还有两个选择！"

妈妈没什么好大惊小怪的，对舅舅这种吊儿郎当的人来说，这真算不了什么。

照舅舅看来，具有警察素质的妈妈又提醒他："你买订婚钻戒了吗？"

如果妈妈不提醒舅舅，他很可能就会忘记，求婚需要钻戒这档子事。

这回他居然没忘，所以十分嫌妈妈啰嗦，不耐烦地说："买

小鸟之家 Giselle Garvey

我知道，姥姥每天早上，都要到附近的树林子里去，喂那些鸟儿。那些鸟儿，就以唱歌作为对她的感谢。（p. 193）

了，买了。"

妈妈问："几克拉的？"

"没有克拉。"

"没有克拉？！"

"是啊，因为不是钻石戒指而是蓝宝石戒指，所以没有克拉。"

"啊！"

"圣诞节后打折，那只戒指非常便宜，不然我连这个戒指也不会买，反正她也不在乎这些。"舅舅不以为然地说道。

"你居然相信她不在乎！哪个女人不在乎求婚钻戒的克拉，别听她那么说。"

"这么说，你也是了？你不是最'酷'的女人吗？如果连你都这样，还有什么出色的女人？再说，又不是我要和她结婚，是她要和我结婚。"

"谁要是嫁给你这种不负责的人，真是倒霉了。"

好在舅妈根本不需要他人为她负责，她就像妈妈，不请自到地为他人负责，对了，还有我婶婶。

我也不明白为什么，舅舅整个儿一个大白肚子青蛙，还有那么多女人爱他，而他居然还有两个选择！

爸爸对舅舅说："祝你好运。"接着又鬼鬼祟祟地小声问道："据说是哈佛商学院的 MBA？"

舅舅说："可不是嘛。"

爸爸说："哼，所以嘛。"

妈妈说："'所以嘛'是什么意思？"

"就是这个意思。"

妈妈虽然不是哈佛的 MBA，但她是耶鲁法学院的 Ph.D，对爸爸的"所以嘛"，体会得十分明白。

姥爷却很高兴有这么个人做他的儿媳，至少从此以后，他可以经常喝上等葡萄酒了。

他后来对舅妈说，他认为她们家族生产的那种酒，不像舅舅

说的那么糟，相反，他认为那个牌子的酒不错，很不错。

从此，姥爷的酒柜里，就没断过舅舅批评的那种葡萄酒，更添了舅妈家族酒业的、其他品味的酒，对此，舅舅是一百个不屑。

为了参加舅舅的婚礼，妈妈给我买了一套西装，给戴安娜买了一套白色的丝绸礼服。

奶奶和姥姥，爷爷和姥爷，都郑重其事地换上最得体的衣服。

姥姥曾经说，姥爷邋遢得无可救药，无论走到哪儿，都像芥末子那样，从来引不起他人的注意。

那姥姥怎么能在人群中注意到姥爷，又嫁给了姥爷呢？有时候听大人们说话，真不知是真是假。

可是在舅舅的婚礼上，姥爷就像变戏法那样，变了一个人。我一看姥爷身上穿的那件大衣，便不由得跑过去抱住了他的腿。

别看我不修边幅，对品位的敏感程度却是一流。

妈妈说，凭我这个本事，足以报考品牌商店的服务生，那些商店的服务生，大部分只认衣服、不认人。她不明白，我是为姥爷的风采自豪。

上车的时候，我又大声对奶奶说："嘿，奶奶，你化的妆太浓了，头发也卷得太厉害，你的脑袋大得看上去就像一只狮子。"

而戴安娜说："奶奶，为什么你笑起来的时候，眼睛像只蝴蝶？"

爸爸对戴安娜说："将来不管谁第一个向你求婚，我立刻就答应他，让他赶快把你带走。"

戴安娜说："为什么由你来决定、答应，我应该嫁给谁？我自己还没说话呢。"

妈妈照我的头上就是一巴掌，"谁请你发表看法了？有人请你了吗？"

当舅舅穿上结婚礼服时，他又像一只青蛙了。舅妈的婚纱是在巴黎订制的,奶奶就说:"到底不同凡响。"

我真看不出哪里不同,就连自以为对流行服饰十分内行的戴安娜,也没觉得有什么了不起。她说:"等我将来结婚的时候,保准让你们个个傻眼。"

我说:"没错,我准傻眼。"

她照我的胳膊就狠狠地抓了一下,还往我的头上给了一巴掌。

大家对舅舅的婚礼非常满意,按照规矩,婚宴上的一切开销,由女方负责。

对新舅妈来说,巴不得有这样一个机会来证明舅舅的错误,舅妈家操持的自然是法国菜,加上他们那个家族制作的法国上等葡萄酒敞开喝。人们就没有多少话和舅舅说了。

新舅妈请来的小乐队也十分精彩,客人们个个上舞池里跳了不止一番。

最让人不知所以的是姥姥,不但和姥爷跳得死去活来,还趁人家小乐队休息的时候,拿着她的萨克斯管就上去了。

问题是根本没人邀请她上去表演!

妈妈顿时显得十分尴尬,又不好对姥姥说不要那样做。

新舅妈带头鼓起掌来,姥姥更得意了,她难道看不出来,人家那是在凑趣吗?

然后姥姥就大模大样地吹了起来,而且她吹的还不是蓝调,而是有点摇滚风的曲子,所以她的身子不由自主地就随着曲子拧来拧去。

刚开始的时候,还真像那么回事。我想,为了在舅舅的婚礼上露这么一手,她肯定在家练了很久。

随着乐曲越来越为热烈,她的身体扭动得也越来越快,幅度越来越大,听众们的情绪也被她煽乎起来了,跟着她的吹奏又是拍手,又是跺脚。

可是,当她的身体从左边往右边一扭的时候……突然,只听得"嘎巴"一响,她的腰倒是扭过来了,她的膝盖却还留在左边那

一侧,当时她就动不了了。可她还不服气,用手掰她的膝盖,想要把膝盖掰过来,却怎么掰也掰不过来了。

当然要是使劲儿掰也能掰过来,可是舅妈说:"不行,对老年人不能硬来,万一掰断了骨头就麻烦了。"

于是舅舅赶快给急救中心打电话,急救车很快就把姥姥送到了医院,大夫说:"没什么危险,这是老年人常见的骨科疾病。"大家这才松了一口气。

接着,医生"嘎巴"一声,就把姥姥的膝盖掰了过来,还给她开了不少的药。

姥爷说:"其实她近来常常发生这样的情况,头扭了过来,身子还在原地无法转动,不过都没有这次严重罢了。"

舅舅说:"你应该早些告诉我们。"

姥爷说:"人总是要走向终点的,不论告诉谁,这回事也是拦不住的。"

妈妈和舅舅听了都很黯然。

好在医生说没什么危险,这是老年人常见的骨科疾病。姥姥只需在医院多休息一会儿就是了。

这又是舅舅的婚礼,大家不好久留,舅舅和舅妈婚宴之后,还要去度蜜月,而舅妈上车之前那个扔花束的节目没完成呢!

最想看到扔花束那个节目的戴安娜说:"我要留下陪姥姥。"

还把手腕上为舅舅婚礼戴的鲜花串,戴在了姥姥的手上。

姥姥摩挲着戴安娜的头说:"谢谢你,甜心,你这样说,我已经很高兴了,还是到婚礼上欢乐吧。姥姥没事,歇一会儿就好了。"

可是我高兴不起来,也玩不起来了。

舅舅和舅妈的蜜月,和我、和将来有什么关系?我只希望他们永远像他们决定结婚时这样的快乐,不要向不快乐变化。

我也在想姥爷说的"终点"。

原来"终点"不在田径跑道上的时候,它的意义是这样的不同。

当我在田径跑道上,第一个跑到终点的时候,我会为自己最先到达那个"终点"而欢乐无比,而姥爷说的这个"终点",却让我如此黯然。而且,它已经这样近地和我深爱的姥姥连在了一起。

在此之前,我从没想到,我们的生活里,还有这样一个"终点"。今天它却这样突然地出现在一个欢乐的婚礼上,连个预警都没有,让我这样的措手不及。

我们难道要经常面临反差这样大的转换吗?

就像那边是艾克斯的爸爸和妈妈离婚,这边是舅舅和舅妈结婚。这边是舅舅的婚礼,那边是姥姥渐渐向"终点"走去……

第五章

一

最近班上有个女孩对我说:"我很喜欢你,咱们一起出去吧。"所谓"出去",就是约会的意思。

我说:"对不起,我没有兴趣。"

上哪儿去?我们还不到可以开车的年龄,不能开车,上哪儿去?难道让爸爸开车,把我们送到什么地方去约会去吗?

妈妈问我:"你喜欢她吗?"

"我不这么认为。"

妈妈和爸爸就说我长大了。

妈妈认为,我的青少年时期已经来到,于是她从书店买来不少如何教育青少年的书籍。

我看,他们应该对他们自己进行一下类似青少年的教育。

鬼节前后,他们举办了一个盛大的 party。

不知谁的妈妈说:"自从我们有了孩子,再也没有过过这样的节日,都是给小孩子过了。"

于是妈妈和爸爸的几个朋友,就张罗在我们家来个鬼节 party。果然大人们比我们能闹腾,不但家里装饰得离奇古怪,院子里还搭了个很大的棚子,到处都是阴森的骷髅和令人恐怖的面具。

妈妈围了一条极其廉价的彩色羽毛围巾,染了各种颜色的羽毛,不断从那条廉价的围巾上掉下,我们家就像宰了几只颜色不同的鸡,到处飞翔着彩色的羽毛。

爸爸画了两撇小胡子，系了一条极其艳俗的领带，像个黑社会的打手，或是唱下等爵士乐的歌手。

还有一位男士，简直等于没穿裤子，还逮谁就和谁亲吻。

有一位女士据说从桌子上掉了下来，摔断了胳膊，因为她在我们家的餐桌上跳舞来着。至于有些女士崴掉高跟鞋的鞋跟，就不在话下了。

总之，在他们举办了那个感恩节的 party 之后，附近几家邻居贴出了售房广告，还有的邻居开始找房子准备搬家。

错！他们错了，不但错，而且是大错而特错。

其实让我真正感觉长大的，并不是有个女孩想和我约会。

而是我渐渐地明白，什么是故事，什么是真实。

我曾经真的以为，把吃饭的勺子放进冰箱，第二天就会下大雪。而一下大雪，我们学校就会停课，因为他们担心，学生在来校的路上出车祸。这样我就可以不去上学，我的作业也可以拖一拖，还可以去滑雪。

可我从来没有如愿，多少次，我把勺子放进冰箱后，不但没下大雪，太阳还老高老高的，我照旧得上学校去。问题是我没有做家庭作业，因为我相信把勺子放进冰箱之后肯定会下雪，也就是说，那个传说坑了我。

还有就是我那些不断掉去的"老牙"。

牙科医生说："那不叫'老牙'，叫乳牙。"

这件事我老是闹不明白，不论什么东西，只有老了才会死去，怎么能把那些再也不能在我嘴里活下去的老牙，叫"乳牙"呢。

尽管妈妈不让我们吃很多的糖，可是她和爸爸上班之后，谁还能管住我们，靠阿丽丝是不行的，她比我们还喜欢吃糖，面对这一情况，无所不能的妈妈也一筹莫展。

我吃糖太多，又不喜欢刷牙，所以拜访牙科医生成了经常的事,妈妈说:"只有这两个选择,你吃糖太多又不喜欢刷牙,就得经常看牙科医生。"

"没有别的选择吗?"

"目前还没有。"

她要是说没有,就是没有了。

据说我们那个牙科医生在对付小孩子方面很有经验,可我一下子就把他给整蒙了。

给我补牙的时候,他没话找话地问我:"你最喜欢的课程是什么?"

其实用不着打岔,我不怕疼,再说也不疼,麻药针很管事。我不像戴安娜,疼不疼都先咋呼一阵,可能对她来说,这也是一个表演的机会,所以妈妈有时叫她"戏剧女王",她还以为是赞美呢。

这种问题还用问吗?有时候大人未必比小孩子聪明。

我说:"课外活动。"

牙科医生的牙钻,立马就停了下来,好像是那个牙钻而不是牙科医生对我的牙一时不知怎么办才好,得好好考虑考虑再说。

过了一会儿,牙钻又动了起来,好像它找到了对付我的办法,牙科医生就接着问我:"还有呢?"

"吃午饭的时候。"

牙科医生的牙钻,这回是彻底停转了。

哼哼,不然我还算什么聪明的家伙。

舅舅知道这件事后,拍着我的脑袋说:"伙计,你真不愧是我们家的种。"

关于牙,其实我还有一些话可说。

大概从五六岁开始,每隔一段时间,我就会掉一颗老牙。

我忘记了是掉第几颗牙的时候,早上起床一翻枕头,发现我掉的那颗老牙,还在枕头底下压着,想来仙女根本没有把我那颗牙拿走,当然她也没有把一块钱放在我的枕头底下。

我"嘭"的一声撞开爸爸妈妈卧室的门,我知道这很不礼貌,但我觉得太奇怪了,因为这种事从来没有发生过。

妈妈懵里懵懂地从床上坐了起来,不明白我在说什么,前一天晚上她和爸爸肯定又去谁家 party 了,据阿丽丝说,他们凌晨两点才回来。

尽管妈妈睡眼蒙眬,只待了一小会儿,她就回答我说:"眼下掉牙的小孩儿很多,仙女太忙,不过她一定会来取走你的牙并且给你一块钱的。"

真像妈妈说的那样,第二天,仙女果然拿走了我压在枕头底下的牙,还放了一块钱在我枕头底下。

轮到戴安娜掉牙的时候,仙女更是经常忘记把她的老牙拿走、当然也没有把钱放在她的枕头底下,在她抱怨之后的几天,才发现枕头底下的牙没了,还放了五块钱在枕头底下。

我问妈妈,为什么我掉牙仙女只给我一块钱,而给戴安娜五块钱,妈妈说:"多出来的是利息,仙女不是过了好几天才给戴安娜钱吗。"

她又说:"仙女只负责照顾那些很小的孩子,而你们已经渐渐长大,应该自己学会照顾自己,所以她可能不会再来关照、收取你们的牙了。"

就像仙女事先给妈妈打了电话,后来仙女果然不再光临。

不过……

反正到了十岁的时候,我就不怎么掉牙了。

偶尔一次,我还真在枕头底下发现我早就忘了的事。我举着那几块钱给妈妈看,还没等我说什么,妈妈就说:"问你爸爸去!"

我又举着那几块钱去找爸爸,我说:"爸爸!"我看他是忘了我已经几岁了,就像忘记妈妈内衣的号码。

他说:"那是仙女给你的钱。"

我极其不屑地喊道:"爸爸——"

这回轮到他没词儿了:"好了,好了。"

我又说:"不是爷爷说的吗,我们家没有不说实话的习惯。"

爸爸尴尬地说:"这是童话。"

所以说,童话就是童话。

而童话是什么呢?

我也不再相信圣诞,不相信真有耶稣这回事。

这不怪我,我对有没有圣诞老人这回事,始自多年前,圣诞老人给戴安娜的那封回信。

有一阵,戴安娜特别爱写信,虽然现在她的嗜好又转向其他的事儿。

那些信,多半是写给爷爷、奶奶,姥姥、姥爷,其实什么内容也没有,就一句话:我爱你或是我想念你。

妈妈说:"我看她不是想念他们,而是她自己需要写点什么。"

爸爸说:"难道你还想让她写篇论文不成?"

写好之后,装进信封,信封上也不写收信人姓名,也不写收信人地址,就放进了门口的信箱,等着邮差来取。

其实都是妈妈把她的信收起来,她还以为信寄出了,有一次奶奶打电话来,戴安娜还问:"奶奶,您收到我的信了吗?"

奶奶说:"什么信?"妈妈的猫儿腻,才露了馅儿。

同样,戴安娜给圣诞老人的信也没什么特别的,只是说:"请问,您会给我一个什么样的圣诞礼物呢?"

令我惊奇的是,圣诞老人居然给她回了信。当时,我还真有点羡慕。我问她:"我可以看看圣诞老人给你的信吗?"

"当然。"她倒没有强调这是她的私人空间,倒巴不得向全世界宣布,她收到了圣诞老人的回信。

圣诞老人在回信上写道:"如果你能够停止每天震耳欲聋的尖叫,我一定送给你一个小鹿。"

"震耳欲聋",是爸爸经常用来形容戴安娜尖叫的一个词儿。再说,信上的笔迹和爸爸的笔迹一模一样。

你知道我爸爸写的每个字母，都像一个肩膀耷拉得很厉害的小男人，真不能想象，这种字是身高一米九的人写出来的，不过这个特点一般人还真不容易具有。

我问爸爸："怎么圣诞老人的笔迹和你的笔迹一模一样？"

爸爸不但不回答我，还让我去给圣诞树浇水。

妈妈接茬儿说："是啊，现在都什么时代了，圣诞老人还不给戴安娜发个 e-mail，或是打印一封信，居然还用手写。"

爸爸说："正因为现在已经是电子时代，手写的信才更加珍贵。"

我顿时肯定那封回信是爸爸写的，根本不是圣诞老人。

从前，我真以为，耶稣是在圣诞之夜诞生的，我也会和戴安娜一起，尽心地为圣诞老人的到来，做很多准备。

晚上去教堂做弥撒之前，不用爸爸妈妈提醒，我们一定会主动地把红萝卜和巧克力饼，放在壁炉前。

每个圣诞之夜，圣诞老人是那样辛苦，整夜整夜赶着鹿车，给每个孩子发送礼物。而世界上有多少孩子？！

巧克力饼是我们亲手烘制的，虽然狗齿狼牙地不够好看，可那是我们对圣诞老人诚心诚意的感谢。

别说妈妈一个劲儿在打电话，就是她不在打电话，我们也不打算指望她。

该出发去教堂做弥撒了，妈妈的电话还没打完。爸爸对我，而不是对戴安娜说："等你长大就会知道，一般来说，打电话是女人生活中的一个重要部分。"

用不着长大，我现在对此就有深刻的了解。

不说妈妈和阿丽丝了，就说戴安娜，有事没事就给妈妈或爸爸打电话。

为了骑自行车这点儿根本不值一提的破事，戴安娜给爸爸打了两次电话，说她会骑自行车了，然后就在电话里毫无内容地哼哼叽叽。

直到爸爸说："现在刚刚九点，你已经给我打了四次电话了，我还要工作呢，请不要再打电话了好吗？"

即便她跟爸爸妈妈外出，也不耽误她打电话的嗜好，不到一小时，准会给我或是阿丽丝打电话，如果阿丽丝不在，就让我转告阿丽丝务必给她回电话。

我转告了阿丽丝，可阿丽丝并不给戴安娜回电话，我说："戴安娜请你给她回电话。"

阿丽丝说："她没什么事，一般来说，就是在电话里叫喊，或是哼哼叽叽，或是说个哈啰什么的。"

我无话可说。

一个人打电话打到这种让人讨厌的地步，作为她的哥哥，我真有点不好意思。

我可从来没有这样干过，我甚至连爸爸妈妈的电话号码都不十分清楚。

倒是他们，有事没事就给我打个电话，问我："怎么样？"

你说说，什么叫"怎么样"？

我能怎么"怎么样"？

好不容易等妈妈打完电话，我们马上去教堂，趁着节日的喜庆气氛，爸爸对妈妈说："这栋房子咱们已经买了十几年了，可是很多家具还没配齐，我想这回事肯定不用等到世界末日，你只要把打电话的时间分出来一点，关心关心如何配齐咱们的家具就好了。"

"配齐家具难道是我的工作吗？你怎么不去家具店看看。"

可我知道，爸爸买回来的东西，多半都让妈妈扔了或是送给了慈善机构。

有一年从教堂回来后，我还把闹钟上到一点半，免得圣诞老人来给我们送礼物的时候，我醒不过来，我真的很想见见他。

可是妈妈扫兴地说："圣诞老人在圣诞夜总是非常忙的，不可能在咱们家停留多久。"

我说："几分钟也行。"

妈妈说："走着瞧吧。"

"走着瞧"是她对我和戴安娜，包括爸爸的保证或是计划的最为经典的回答。

之后我又写了一张便条，放在壁炉前的茶几上："圣诞老人，谢谢你为我们送来礼物，其实我更希望能跟你聊聊……请注意，今年我们把圣诞树放在另一间客厅里了。圣诞快乐！詹姆斯"。

我担心他像过去那样，还到老客厅去，在老客厅里找不到圣诞树，没处安放他给我们的礼物。

结果闹钟根本没响，我当然也没有按时醒来。

如果不是警察来电话，我可能还会睡下去，头天晚上睡得实在太晚。从教堂昨晚弥撒回来，我们又去参加了一个 party，到家时都快十二点了。如果不是过节，爸爸妈妈肯定不会让我们睡得这么晚。

警察让妈妈到警察局去一趟，说是爸爸出了什么问题。

原来爸爸被警察"请"到了警察局，据警察们说，爸爸直到半夜三更，还在别人的院子里转来转去。

妈妈向我们挤了挤眼睛，就到警察局去了。很快，爸爸就被她带回了家。

然后妈妈就躲到车库里去打电话，妈妈以为她躲在车库里，就没人知道她说的是什么。

可我听得一清二楚。

她说："嘿，你猜怎么着，一大清早我就到警察局去领人。昨天半夜他假扮圣诞老人，到附近每个有孩子的、邻居的院子里喊：'嗬！嗬！嗬！圣诞快乐！'还不停地摇着所谓鹿车上的铃铛。怕孩子们认出是他，零下二十多度，居然就穿了一件红 T 恤、一条短裤、戴了一把假胡子，还有一顶红帽子……本想让孩子们以

为圣诞老人送礼物来了,结果是孩子们没一个听见,连詹姆斯都没听见,邻居们却都被他吵醒了。也不知道后来他游走到哪家去了,反正我困极了,然后就睡着了……听警察说,半夜三更有人看见他在人家院子里转来转去,还以为是小偷,便报了警。警察来到之后,还让那些人家查查家里是否丢了什么东西……"接着妈妈就笑得嘎嘎响,好像她终于得到一个最满意的圣诞礼物。

肯定是打给她的铁杆朋友朱丽亚,她和朱丽亚是无话不谈。

当时我正在拆圣诞礼物,对妈妈说的那些话来不及多想,后来想起,就觉得艾克斯说的不无道理,他说,他早就不相信世界上有圣诞老人这一说。

到底有没有圣诞老人?如果有,爸爸还至于因为冒充圣诞老人,被警察带到警察局吗?

我对戴安娜说起这件事,戴安娜说:"为什么不相信?那我们的礼物是哪里来的?"

"难道礼物就能说明一个不存在的什么人,或什么东西吗?"

打完电话,妈妈就回到客厅里,和我们一起在圣诞树下,捡拾自己的礼物。

妈妈在拆开两大包写着她的名字和赠送者爸爸名字的礼物后,更是对爸爸说:"这哪里是给我的圣诞礼物,全是家用物品。"

可如果爸爸不送给她这些礼物,妈妈就会把厨房用的毛巾放在洗澡间,当擦手毛巾。如果你来我们家做客,上完厕所打算洗洗手的话,看见厨房用的毛巾挂在洗脸池旁,请别误会,尽管用就是了。

此外,爸爸还送给妈妈一套有黑色蕾丝花边的内衣,妈妈说:"很荣幸你对我有这样高的估价。"

爸爸有些尴尬,因为他和妈妈结婚这么多年,竟然不知道妈妈内衣的号码,也忘记妈妈出席 party 着装晚礼服时,不得不戴两块"炸鸡胸脯"的事了。

不过妈妈没有显出任何不高兴的样子,她就是这样儿,什么时候都是乐呵呵的。

然后她就在礼物盒子里找发票,准备到商店去换个小号的。

每年圣诞节后的第一天,她总是拿着一大堆礼物到商店换号码,或是款式、颜色等等,这是妈妈圣诞节后的一项大工程。

怪不得人们都在礼品盒子里放上发票,为的就是让人去换,这种礼物收起来可真麻烦。

我跟着查看我那些礼物盒上的标签,所有的礼物上面,都会写着送给谁的、谁送的。我那些礼物,不是爸爸送的,就是妈妈、姥姥、姥爷送的。

哪件是圣诞老人送的?

这是我从前从来不想的问题,可自从爸爸冒充圣诞老人让警察带到了警察局之后,我就开始想这些事,一想,疑点还真很多。

比如,头天晚上我上的闹钟,为什么到时候不响?难道是我弄错了?我既然能破译旅馆保险箱上的密码,怎么会弄错小小的闹钟?

但是妈妈说:"你看,那些红萝卜和巧克力饼,不是被吃过了吗?"

爸爸抚摸着我的头说:"这些礼物有圣诞老人送的,也有爸爸、妈妈、姥姥、姥爷、奶奶、爷爷送的。"

可我始终没有找到圣诞老人送给我的那一件。

正在这个时候,奶奶来电话了,她说:"甜心,你们喜欢我和爷爷送给你们的礼物吗?"

哪件礼物是奶奶送的,哪件又是爷爷送的? 我没看见啊,我睁着两只眼睛看着妈妈,不知如何回答。

奶奶可不像姥姥那样好对付,她接着说:"我把钱寄给你爸爸了,请他替我们,给你们每个人买件礼物。"

奶奶和爷爷有几年不到我们这里来过圣诞节了,她说她受不了那么多的声音。只是按时寄给我们礼物就是,现在他们连礼物也不寄了,而是寄钱,委托爸爸为我们大家买礼物,你们看,这

着棋他们是不是走错了?!

我很欢迎这种礼物,自己拿着礼物卡,到商店去选自己喜欢、合适的礼物,比拿着不合适的礼物再去商店换省事多了。

妈妈也不知所以地东张西望了一圈,在确定没有人愿意回答这个问题之后,很快便想出回答,她捂着话筒悄悄对我说:"你说,收到了来自爷爷和奶奶的礼物卡……"

既然妈妈这样教我,我就赶紧回答说:"是的,是一张礼品卡,回头我就去买一件自己喜欢的礼物。"

奶奶可不太好糊弄,又问:"那他替我们给戴安娜和你妈妈买的是什么礼物?"

妈妈使劲点着头、又使劲指着话筒,我立刻说:"也是礼物卡。"

"嗯……"奶奶在电话那边说,不过这个"嗯"听上去很勉强。

看来还是奶奶对爸爸有所了解,实际上,我们没有一个人在圣诞树下找到任何来自奶奶和爷爷的礼物。

等我放下电话,向爸爸询问有关奶奶的礼物时,爸爸大手一摊,耸耸肩膀,然后就没词儿了。

你可以把他的大手一摊,理解为"对不起"的意思,也可以理解为"就这么回事了"的意思……反正,他早把奶奶的托付忘得一干二净了。

如果爸爸和妈妈离婚,我估计他连自己的裤衩、袜子在哪儿都不知道。

妈妈常说,爸爸是奶奶直接送到她这里来的。奶奶听了这话,肯定会不高兴。

这样看来,我和戴安娜比爸爸负责多了。

尽管我已经开始怀疑圣诞老人和圣诞节的问题,我也没有忘记给我的亲人们,送一件圣诞礼物。其实没有圣诞节,给我们所爱的人送一件礼物,也是一件快乐的事。

去年我们给姥姥姥爷的礼物,我认为就非常好,因为我们用心想过了。

应该说,这个礼物,是戴安娜的创意。

有天早上戴安娜对我说:"我觉得姥姥有点变了。"

我说:"我没看出她有什么变化。"

"不,有变化。"

我再仔细看看姥姥,她的脸变长了,有点像一匹马的脸,我把这个发现告诉了妈妈,妈妈一看,原来姥姥戴错了假牙,她把姥爷的假牙戴上了。

姥爷和姥姥经常戴错彼此的假牙。如果有时你看到姥姥的脸突然变得很长,完全不像她,而像加拿大那个过气歌星席琳·迪翁(Celine Dion),千万不要以为她做了美容术,那不过是她戴错了姥爷的假牙。

所以圣诞节的时候,我和戴安娜就送了一大一小两个假牙罐,送给姥爷和姥姥,一个蓝色的,一个粉色的,很容易区分。

他们很喜欢这个礼物,姥爷说:"这下我可以放心,不会有人用我的牙了,不然真有点恶心。"

戴安娜问道:"你从来没有和姥姥接过吻吗?"

姥爷笑着看了看姥姥,说:"接吻和戴错假牙是两回事。"

二

这还不算,此外还有许多圣诞节必须干的啰嗦事。

每个圣诞节的前夕,大人们必得带着我和戴安娜,去纽约看那个不知看了多少遍的芭蕾舞剧《胡桃夹子》。有时是奶奶,有时是姥姥。

据说这是圣诞节的文化传统之一!什么事一扯上文化传统,你说,谁能不干?

在我看来,那个《胡桃夹子》就像壁炉前挂着的、我们人人都有的那只圣诞袜子,而且年年都得按时挂上。

我对那只袜子里的小东小西早就没兴趣了,可是每个圣诞

夜后的第二天早上，我都得打开那只袜子不可，如果我不打开，不论爸爸或是妈妈，肯定得说我没规矩，败坏大家的节日情绪。

即便我对舞蹈一点兴趣也没有，几年看下来，《胡桃夹子》里的细节，我也都能背出来了。

所以我盼着赶快满十六岁，十六岁以后，我不想干的事，谁也别想让我干了。

今年圣诞节，我就打算先试一试，能不能不去纽约看《胡桃夹子》。

为什么这么坚决？因为去年跟妈妈去看《胡桃夹子》，就让我十分尴尬。

剧院把门儿的女士，扫描了我们的电子票，确认了戏票的合法性，然后我们就去找座位。

有位女士却已经坐在了我们的座位上，领座儿的小姐验证了那位女士的票，证明她确实没有坐错位子。

于是验票的小姐耸了耸肩，极不情愿地再次检查了我们的戏票，然后惊讶地说："对不起，这是另外一个剧场的票。"

对此，我一点都不觉得意外，我能干出什么离奇的事，我妈妈就能干出更离奇的事。

奶奶说我是个"问题儿童"，其实"问题成人"也不少。既然世界上有那么多"问题成人"，一个"问题儿童"又算得了什么呢？

那我们的戏票，怎么能通过门口的电子验证呢？这是妈妈的问题，还是电子验票机的问题，还是那位验票夫人的问题？

领座的小姐也十分不解地说："是呀……不过你们没有看见我们剧院门口的广告吗，我们上演的剧目是《妈妈咪呀》。"

妈妈先和我们大眼儿瞪小眼儿了一会儿，然后又信心十足地领着我们出发了，那一会儿，我真服了她了，到了这个地步，还能信心十足。我是说，她的情绪竟然一点不受影响。

然后我们又在街上兜了一圈，才找到上演芭蕾舞剧《胡桃夹子》的剧院。好在这些剧院都集中在这个区,相隔不算太远。

二楼把门的女士说:"请往前走,最后那个通道上,有位年轻的男士会带你们到座位上。"

我们果然在最后那个通道上,看到一位"年轻"的男士。妈妈一边领着我们往前走,一面说:"所谓一位'年轻'的男士,至少五十岁了,我们要是按照'年轻'那个范围去找领座儿,恐怕永远也找不到他。"

她居然还有心情调侃,一点儿没受刚才进错门的影响,或是哪怕带点检讨性的不安。

我又仔细看了看那位领座儿的"年轻"男士,妈妈说得没错,他看上去果然像我姥爷那么老了。

我的邻座倒是一位年轻的男士,妈妈说:"他在等约会的人。"一会儿就真来了一位穿短裙的姑娘。

妈妈在不马大哈,或不健忘的时候,基本上料事如神。

我坐在座位上,无奈地闭着眼睛,熬到剧终。

回到家里,爸爸问我感觉如何,我说:"你小时候看《胡桃夹子》有什么感觉,我就是那种感觉。"

爸爸很体己地拍拍我的肩。

那我们家为什么不能取消这个传统的圣诞项目呢?

反正我将来要是有了家,一定首先把这个节目变成自选节目,谁愿意参加就参加,别老拿传统吓唬人。

戴安娜倒是喜欢过圣诞节,每年从十月份起她就开始兴奋,除了可以收到她早就"点"好的礼物,还有她对表演的期待。

圣诞前夕,学校总要组织一个差不多全体学生都得参加的庆祝活动:各种乐器的演奏、各个年级的合唱、各个年级的舞蹈……不论你喜欢或是不喜欢,都得参加一项,太不着调的学生,至少也得参加合唱队。

戴安娜参加的是合唱队,那段时间里,每天早上在餐桌上,你就听吧,除了讨论她在表演时穿哪件礼服,再没有别的话题,我真恨不得不用吃早饭才好。

头几天晚上她就开始睡不踏实,也就是大人们叫做"失眠"那档子事。还能为什么?还不是为了穿哪件礼服演出为好……其实,谁能看见她呢,她不过是站在第四排的一个合唱队员而已,前面还有三排人挡着她呢。我拿了妈妈的小望远镜,也没找着她在哪个犄角里站着……她们那个年级的人特多,比我那个年级的人多多了。

家长们自然都得参加。有次爸爸参加我们学校的音乐会回来,事事儿地马上给校方写了封信,他认为校长在音乐会前的讲话,只提欢庆世界的节日,而没有提圣诞这个主题。

写完信后,他还要 e-mail 给妈妈,听听妈妈的意见。妈妈说:"你别寄给我,我不看,我一看就等于同意了。"

于是他以自己的名义,寄出了那封实在没有必要寄出的信。
…………

虽然在圣诞节我也可以收到一些礼物,但这些麻烦的事,让我对圣诞节的兴趣打了折扣。

人人都在为送什么人、买什么样的礼物合适一而再、再而三地逛商店,之后又是盒子又是纸地包装,真让人看得眼晕。

不知道世界上有没有不过圣诞节的国家,实在不行,我真想闹个双重国籍,一到过圣诞节的时候,我就到那个不过圣诞节的国家去混两天。

可为什么小的时候,我不但不觉得这些事麻烦,还巴不得地盼望着那些礼物,巴不得地去看《胡桃夹子》呢?

这看上去真有点"忘恩负义"。

难道这也像是妈妈说的,"世界上所有的事情都会变化……"

我们镇上有个十分多话的"圣人",他说:"詹姆斯的灵魂,是一个很老的,在世界上已经走了一圈的灵魂,什么都见识过了,再也不会对什么事感到惊讶,这就是为什么,他脸上总是这副表情。"

我脸上是什么表情？我自己都不知道。

除了戴安娜，我们家恐怕就是爸爸最盼望圣诞节了。

现在离今年的圣诞节还早，不知道他到时会想出什么点子，我很佩服他在如何欢庆圣诞节上的想象力。

去年从十一月份开始，他就急不可待地在自己汽车头前，安了两个巨大的塑料鹿角。他说，这意味着滑冰、滑雪的季节来到了。不过他那两个鹿角，跟滑冰、滑雪有什么关系？

我真为他那两个鹿角不好意思。全镇没有一辆汽车头前，安着那样两个廉价的鹿角。

如果哪天有风，那两个鹿角就像两棵营养不良的树，在车头前东倒西歪地迎风摇摆。如果它们能像真正的树也好，哪怕是营养不良的树，也比那两个廉价的鹿角好。

其实圣诞节期间的许多应景东西，都说不上好看。

奶奶说："现在不论什么东西，都越来越粗糙了。"

我不知道"不论什么东西"以前是什么样，反正现在这个样子，真不让人待见。

你说说，连我这样的小屁孩儿，都知道好歹，我爸爸是怎么回事？真不能相信，他就是我奶奶那种动不动就拿"法国造"说事儿的人，调教出来的品位。

我也奇怪，警察的职责范围为什么没有包括禁止在汽车头前，安装塑料鹿角这一项？如果包括这一项，爸爸肯定每天都得被罚款，而且我们家的人，很可能天天在警察局或是小镇的法院会面，而不是在家里会面。

当爸爸询问我对这两个鹿角的印象时，我能说什么？我只能说："还行。"

他居然认为我那是赞美他的鹿角。

那就像戴安娜不再用纸尿裤的时候，妈妈对她说："我真不敢相信，你干得这么好。"

再有就是圣诞夜，我们非去教堂不可。

戴安娜总说："我们不去教堂是有罪的。"就像她对宗教比谁都虔诚。

戴安娜是唱诗班的，在她没有成为某一类明星之前，教堂是她唯一能在众人面前显摆自己的场所，那个场所当然比家里这几个观众更叫观众。

此外，恐怕只有在吃大餐的时候，她才想起上帝，在那张琳琅满目的餐桌前，她总是第一个把双手交叉在一起，向上帝表示感恩的人。

我也不知道是谁的主意，一生下来就给我做了洗礼。可我对宗教完全没有兴趣，从一开始就没有兴趣，并不是因为宗教得罪了我或是伤害过我；或是我接受过亵渎宗教的思想；或是像我舅舅那样，是个没有宗教信仰的人。

每当星期天、复活节、圣诞节等等那些非得上教堂的日子，我不得不跟着爸爸上教堂的时候，我才算明白人们为什么发明了"痛苦"那个词儿。

妈妈说，每当大家跪下忏悔的时候，我看上去是那样的痛苦，愁眉苦脸、双手紧紧抱着脑袋，似乎有深重的罪过需要向上帝忏悔。

但她不便询问，我在向上帝忏悔什么，那是上帝才能知道的秘密。可我能对她说，我对他们大家都信仰的上帝，是另一种完全不同的态度吗？

幸亏爸爸不经常去教堂，他总是说他记性不好，忘了。可他从来没有忘记他那些俱乐部的活动，和各种球类运动是不是？

说实在的，如果非要刨根问底儿，我对宗教为什么不感兴趣，爸爸对宗教这种看起来十分虔诚，其实不虔诚的态度，正是让我对宗教产生怀疑的原因之一。

所以妈妈说，爸爸只是个"顺便的教徒"，意思就是哪天有时间、哪天心血来潮，才会顺便去教堂做弥撒。

至于妈妈，一进教堂就特别爱笑，我也不知道教堂里有什么可笑的事。

她看着跪在教堂里忏悔的那些人，对爸爸说："有些人做了一年的错事或是犯了一年的罪，难道在这几分钟的忏悔里，就能把那些罪过赎清？"

爸爸可以忘记去教堂，而我这个对宗教不感兴趣的人，还非得经常去教堂不可，而且每周两次，因为我们的圣经课就设在教堂里。

我对妈妈说："你们老说我没有想象力，那些嬷嬷才没有想象力呢，每次上课就那么一句话'耶稣就是上帝'，我两岁的时候就知道'耶稣就是上帝'了。"

我知道撒谎不好，可是每周有宗教的那两天下午，我总是肚子疼，就像威廉一到考试，不是脸肿，就是牙肿。

于是妈妈就对爸爸说，那是因为我吃饭吃得太快的缘故，就不要勉强我去上宗教课了。

我想早晚有一天，我和戴安娜会背叛爸爸，再也不去教堂做弥撒。

最近我对嬷嬷说，"这是我最后一次课，下周我坚决不来了。"

"你的家长可没这样告诉我。"

"我告诉你就行了。"

记得那一年，老师还出过这样一个作文题：《我最不喜欢的两个人》。我毫不犹豫地就把嬷嬷和戴安娜写了上去。

当时戴安娜对我说："我还以为你最喜欢我呢。"难道让我撒谎，说我喜欢她们吗？那不是拍马屁又是什么？那样的话，我可能会先给自己一个嘴巴子。

虽然我不相信上帝的存在，但在教堂做完弥撒，教士们拿着那个有点像鱼篓子的收钱篓子，向一排排信徒募捐时，我毫不犹

豫地捐出了二十块钱，因为教会可以用它们来帮助那些有困难的人。

戴安娜却说："这有什么！那是因为你在学校白捡了四十块钱。"

妈妈说："如果他知道那四十块钱是谁的，他当然应该归还人家，不归还人家不但不道德，也是犯法的。如果没人出来声明他丢了四十块钱，而詹姆斯又不知道是谁丢的，按照美国的法律，捡到钱的那个人，就是收存它们的那个人。詹姆斯当然可以收归己有，并在合适的时候、合适的地点，消费它们。"

我想，帮助那些不论什么原因，有了困难的人，对这些钱来说，就是合适的地点、合适的用途。

所以我羡慕比尔·盖茨。他可以把那么多钱，用来帮助他人。

…………

三

爸爸可能永远都不会知道，我对他的崇拜为什么开始低落。

那是个星期天，爸爸烤了三文鱼，开了一瓶据说二百多块钱一瓶的白葡萄酒，当然是我舅妈的礼品。

妈妈烤了苹果排做饭后的甜点。那个苹果排烤得真好，赶得上她经常光顾的那家法国点心店的水准，在妈妈的创作中真是少有的纪录。

天气也好，我们决定在院子里用餐。

戴安娜布置了餐桌、铺上了台布，一板一眼地按照正规晚餐写了座签，安放了爸爸、妈妈、阿丽丝的葡萄酒杯，还有我们的饮料杯。

开吃前我让大家拉起手，我念了感谢上帝的祷词，妈妈说："真少有。"

我长大了，知道这不是她对我的赞美。我也早就不相信有上帝这回事，可是那天傍晚，一切那么完美，对这样完美的时光，我也不能没有贡献。

然后大家碰了杯,说了:"干杯!"

尽管我和戴安娜喝的是柠檬水,但是也像爸爸、妈妈、阿丽丝他们喝二百块钱一瓶的白葡萄酒那样开心。

就在我们吃得高兴的时候,邻居的那只灰猫又来访问我们,可能它嗅到了烤鱼的香味儿。

它几乎每天到我们家的后院一游,戴安娜和它的关系非常之好。秋天的时候,他们经常拥在一起,在后院的台阶上晒太阳。所以它一来,就围着戴安娜的脚蹭来蹭去,叫个不停,我想,它大概是也想来块烤三文鱼尝尝。

妈妈对戴安娜说:"动物有动物的食品,不能随便把我们吃的东西给它们。"

可它还是没有离开的意思,再说,平时我们的关系不错,到了享用美食的时候,就不理人家,真有点说不过去。我正准备忍痛从我那块烤鱼上,给它切下一块的时候……

只听见"砰"的一声响,一只巨大的拖鞋,就砸在它的跟前,吓得它往后一缩。

我还在想,哪儿来的拖鞋?一抬头,看见爸爸恶作剧的笑脸。

戴安娜责怪地喊道:"爸爸!"

…………

那一会儿,我真有点傻了,我从来没有想到爸爸会干这种事儿,我也真的为他感到不好意思。

我多么希望这不是爸爸干的,可这千真万确是他干的。

我还不知道我为什么有点儿伤心。

我不喜欢那些不关爱动物的人,何况它并没有对我们之中的任何人发起攻击,它不过是希望也来口三文鱼尝尝。

而爸爸这一大拖鞋,不只是不关爱,简直就是欺负弱小民族。然后那顿美餐就好像变了味儿,大家闷着头吃饭,再也没有人说笑,夕阳也突然变得暗淡,转眼间就似乎阴了天。

爸爸说着一点也不可笑的笑话,除了妈妈干笑两声,没人响

应他的笑话,连阿丽丝也没有响应。

那顿本来很欢乐的晚餐,就这样的结束了。

晚上,在我和妈妈星期日例行的、推心置腹的谈话中,我没有提到这件事。

不知道为什么,我觉得不能提,好像我这些想法很对不起爸爸——也不是对不起,而是我不再觉得爸爸也好、妈妈也好,不一定什么都是对的。而我不想伤害任何人的感情。

我也明白了有些事可以说,有些事不可以说,正像妈妈说的,不说不等于撒谎,而把"是"说成"不是",或是把"不是"说成"是"才是撒谎。

这件事给我的印象太深了,很长时间我都带着不解的眼光看着爸爸,他有时问我:"伙计,你为什么这样看着我?"

我不知道,我们还是不是"伙计",在我心里,"伙计"是个多么铁的词儿啊。

我只能在姥姥来访的时候对姥姥说,我之所以喜欢和姥姥谈话,是因为她很容易就了解了我。

可是这一次她的反应比较迟钝,听了我的叙述之后,想了好久才回答我说:"詹姆斯,你长大了。"

我估计她也没词儿了,逢到他们没词儿,他们就会说句"詹姆斯你长大了"。

我说:"姥姥,你觉得这样做对吗?"

她又是迟迟没有回答,我提醒道:"姥姥!"

她说:"也许你爸爸不过是跟它开个玩笑。"

这么说,好像也有点道理。如果是开个玩笑,我可以原谅爸爸。不过我总觉得不是这么回事儿。

这件事好像是个信号弹,我们原本麻烦不断、可却快快乐乐的家,不久之后就不再无忧无虑。

我说过,我们家和警察局的关系比较密切。除了妈妈开车违规、罚款,经常需要去警察局之外,最重大的一次事件,就是爸爸那个圣诞夜的警察局之行。

我还以为事情再严重，也不过是到此为止了。我再也想象不出来，爸爸妈妈再闹腾，还能闹腾到哪里去？除非我们家再出个杀人犯。

可谁能想到，前两周妈妈又接到了警察局的电话，这次还不是我们小镇上的警察局，而是纽约市某个区的警察局。

说是阿丽丝被紧急送进了医院，让妈妈赶快到纽约领人。妈妈吓坏了，以为阿丽丝的生命有了危险，赶紧放下手里办案的卷宗，跑到纽约市去了。

当她见到躺在病床上的阿丽丝的时候，真有一种死里逃生的感觉。

阿丽丝只不过周末才从家里出来，说是到纽约会朋友。两天时间，她就变成那个样：头发脱落、两眼深陷、面色发青，就像那个著名的鬼脸。

妈妈一把把她搂进怀里，阿丽丝哭得非常伤心。

医生对妈妈说，阿丽丝的心脏本来就有问题，不能吃避孕药，这次她和一个男人在旅馆过夜，服用了避孕药，如果不是旅馆及时报警，阿丽丝绝对就要死了。

而一同过夜的那个男人，转眼就不知道跑到哪里去了。

医生给阿丽丝开了一种很昂贵的药，还说，以后，她一生都得服用这种药……按时按点，一次都不能忘记。

妈妈把阿丽丝领回来了。

我和戴安娜围在她的身边，我们多么想给她一个紧紧的拥抱，可是我们生怕碰了她，她就会死去，活不成了。

妈妈再也不敢让她做什么，比如开车送我们上球类运动场或是芭蕾舞、钢琴学校，只让她躺在床上休息。每天上班前，都要叮嘱阿丽丝按时吃药的事。

而戴安娜立马成了一个称职的"护士"，每天回家第一件事，就是查看阿丽丝是否按时用药了，有时，她在学校也会打电话回家，提醒阿丽丝吃药的事。

于是妈妈就更忙了,好在我们已经长大许多,不需要她给我们做早餐,戴安娜就能给大家做早餐了,还会把早餐放在托盘里,给阿丽丝端上楼去。

我们也改乘校车上下学了。

至于午饭,我们当然可以在学校吃,如果妈妈出庭,或是爸爸出差,没人做晚饭,戴安娜会给饭馆打电话叫个外卖。

她还会留下一些,作为阿丽丝第二天的午餐,"你在微波炉里转一下就行。"她对阿丽丝说。

我们倒也渐渐地适应了没有阿丽丝管理我们的情况,并走入了正常。

很久没到我们家来的奶奶,突然来了。很可能是爸爸对她说了阿丽丝在纽约发生的事,不然还能是谁,妈妈绝对不会这样干。

她一来就说:"我早就说了,这个保姆不行,你们就是不听。还教戴安娜怎么勾引男人!戴安娜才多大?就给她这种教育?你们负起家长的责任了吗?说真的,换了别人,这样的事情都可以向法院起诉,莉丽亚还是律师呢,怎么不明白这个道理!"

奶奶提到的阿丽丝教戴安娜勾引男人那档子事,是什么时候发生的,我记不得了。

起因是阿丽丝特别爱给我们看她的照片,她有很多照片,据她说,她在家乡的时候,比现在苗条很多,在当地做过模特,还上过本县的小报。

戴安娜问她:"可是你的照片怎么看上去都是那么凶狠?"

"这不是凶狠,而是性感。"

"什么是性感?"

"就是特别吸引男人的那种姿势、态度,你要是想让男人喜欢你,就得像我这样做。"接着阿丽丝照着她在照片上的那些动作,又做了一遍。

我在一旁看了说:"我才不喜欢这种样子呢。"

阿丽丝说:"因为你还不算男人。"

戴安娜则说:"我才不需要讨好谁呢,我已经很可爱了。"

其实,阿丽丝的这些动作我们并不陌生,只是当时不懂她这是怎么回事。经她一解释,才明白她为什么那样表现。

可不是,我们带她到纽约看全国垒球联赛的时候,她从来不老老实实地坐在位置上,而是斜躺在位置上。那些来来往往、经过她的座位的男人,总会对她看上一眼。她呢,也就是用这种眼神看着那些男人,有的男人还会冲着她吹口哨。

带她去佛罗里达,她也不游泳,就像这个样子躺在沙滩上……我们到达当天,就有个男人约她出去见面。

妈妈还叮嘱说:"你出去可以,但千万不能把我们家的电话告诉他。"

大嘴戴安娜马上就去问妈妈:"你和爸爸恋爱的时候,给没给他来这一手?"

这就是某些重要的事,我从来不告诉戴安娜的缘故。如果你告诉她什么,不出几个小时,你干的那些事,就像上了电视台,无人不知无人不晓。

妈妈说:"哪一手?"

戴安娜就把阿丽丝教她的那些动作,一一表演给妈妈看。

妈妈说:"说实话,你是从哪里来学来的这些事?"

阿丽丝自然被交待出来。

然后妈妈对爸爸说:"不论阿丽丝做错多少事,我都没有打算换她,可是她不能教戴安娜这些事,戴安娜渐渐大了,他们将成为怎样的人,一时一事都得注意,现在真不得不换下她了。"

可是妈妈说完也就完了,没有具体行动,她总是说,忙,忙。的确,你以为找个保姆就像叫个外卖匹萨那么容易?

奶奶这一来,可就立马见效。

奶奶还对爸爸说:"阿丽丝还酗酒,你们说说,她在 party 上

喝就算了,还把酒瓶子带到汽车上去喝,喝完就把空酒瓶子放在汽车里。莉丽亚倒是帮她把空酒瓶放进了她的房间,提示她注意。她改正了吗?下次照旧。这对孩子们的影响不好,很不好。其次,如果被警察发现,非把你或是莉丽亚再请到警察局不可。你觉得你们一家人老去警察局报到,就像上《纽约时报》的头条那么有趣吗?"

爸爸说:"对不起,这是莉丽亚的家。解雇不解雇还得莉丽亚说了算。"

奶奶说:"可他们还是我的孙子和孙女;他们还是我们的遗产继承人!"

照妈妈的脾气,她很可能会说:"我不要那份遗产。"

但她知道,她没有权力替我和戴安娜拒绝什么,或是接受什么,我的意思是爷爷和奶奶那笔丰厚的遗产。

为此,奶奶和妈妈闹得十分不愉快。据说,她们进入了"冷战"状态。戴安娜问我:"什么是'冷战'?"

"'冷战'就是双方暗中较劲儿,互相制约,而又不公开表示自己对对方的愤怒,更不会大打出手。"

"那爸爸和妈妈吵架之后,几天不说话,就是'冷战'的意思,对不对?"

"大概是这么回事。"

"可是爸爸拿枕头砸妈妈了。那不是公开表示自己的愤怒吗,那他们还算是'冷战'吗?"

"扔枕头不算大打出手,应该还算是'冷战'。"

最后还是由奶奶操办,为我们又找了一个新保姆。

新保姆到来的那天,妈妈要出庭,没有时间去接她,就对爸爸说:"今天新保姆就从西班牙来了,你到火车站去接接她好吗?"

爸爸义不容辞地去了。在火车站,他见到一个面孔黝黑的女孩儿,马上冲了上去,并在人家面颊上热情地吻了一下,说:"欢迎你来到我们家。"

人家是天天在太阳底下训练的舢板运动员,自然面孔黝黑,可人家不是从西班牙来的保姆。

人家马上把爸爸告到警察局,说他性骚扰。

结果呢,爸爸又被请到警察局去了一趟。正像奶奶说的:"你觉得你们一家人老去警察局报到,就像上《纽约时报》的头条那么有趣吗?"

当然不是。无论如何,将来我会开车或是成家以后,千万别像爸爸妈妈这样,时不时就到警察局走一趟,我不相信,除了警察局,我就没有别的朋友可以来往了。

可从另一方面来说,正是因为镇上的警察跟我们家是老朋友了,他们了解我们家每一个人的脾性,除了我。

不知道是不是爸爸吹牛,他说,警察还对人家解释道,误会,这是误会。也没有把爸爸送到禁闭室关两天,再让妈妈拿担保金领人。

而我们的新保姆,货真价实的西班牙女孩儿,却站在站台上没人搭理,最后还是叫了辆出租车来到了我们家。

然后奶奶就回家了,临走之前她对我说:"詹姆斯,其实你那张画画得非常好,你们家不多不少,还真是'四只等着喂食儿的狗'。"

"这可是妈妈说的,不是我说的。"

奶奶说:"不得不承认,你妈妈的语言非常具有独创性。"

我想,奶奶想说的,可能是准确性。

四

…………

这个夏天,我们家发生的事情太多了。我开始像妈妈说的那样,学习"如何承担得起那些让我们不快乐的变化"。

还有她说的,"很多事可能还不只是让你不快乐,如果我们

不能适应这些变化,我们就会受伤"。

我得承认,这不容易,很不容易。尤其是如何承担那些不只是让我不快乐的变化。

对我来说,最让我伤痛的事,不是阿丽丝差点死去,她只是差点死去,而姥姥真的离开了我们。

我不相信上帝,所以我也不相信他们说的,姥姥是到上帝那里去了。

那么姥姥去了哪里? 她怎么说没了就没了?

就在不久以前, 姥姥还和我参加了一项他们那个小镇上的比赛,我和她都赢了。

有人在他们家附近农场的一片玉米地里,制作了一个大"迷宫",全长有三公里。比赛项目是:按年龄的分组赛,每一组的参赛人,谁能走出"迷宫",并且是第一个走出"迷宫",谁就是优胜者。

说老实话,凭我对数学那份天才,这种事对我是小菜一碟,根本难不倒我。

可是我们都担心姥姥,别说走出"迷宫",就是那三公里长的路程,恐怕也够她一呛。

她摇摇脑袋说:"别忘了我在大学时代, 许多体育项目的比赛,都是 number one。"

她一提 number one 我们就都乐了,有一阵我们不叫她姥姥,而叫她 number one。原因是不论我们做什么体育活动, 她总是说:"这算什么,我曾经是这个项目的 number one。"

当然, 要是奶奶玩上这么一回,我想她也会顺利走出"迷宫",是不是第一可就不好说了。但她肯定会总结出如何走出"迷宫"的路线图:向左几十度,然后朝东南方向右拐,行程多少米之后,再后折多少多少米等等。

而要是问姥姥,她肯定两眼一眨巴,什么也说不出,顶多还是一句我是 number one ……

可是姥爷说："别担心，你姥姥肯定赢。"

姥姥和姥爷互相吹捧起来，真是一点也不含糊。

没想到，姥姥不但顺利地走出"迷宫"，还真赢了个第一。她摇头晃脑地吻了吻姥爷，说："甜心，到底还是我的老搭档了解我。"

我不明白，真的不明白，刚刚走出"迷宫"的姥姥，怎么转眼之间，按他们的说法，就到上帝那里去了？

爸爸妈妈说我长大了，难道"长大"就那么简单：有个女孩约我出去玩儿，就代表我长大了？

不，我懂得了我们所爱的人不会永远活着，他们早晚有一天会离开这个世界；

我懂得了，一定得学习，如何承担得起那些不只是让我们不快乐的变化；

我也明白了，我也好，我的家也好，永远不会像戴安娜希望的那个样子：成为一个巨人，用一百个褥子铺成的床，有一百个玩具放在床上，住在大商场，每天吃一百个冰激凌……我的意思是，永远不会像戴安娜希望的如此容易、简单。

…………

葬礼上，戴安娜哭得伤心。

姥爷说："别哭，别哭，你们的姥姥走的时候很快乐。她是在树林子里，听着她最喜欢的那些鸟儿的歌唱走的。有多少人能像她那样，微笑着离开这个世界？我们不该为她高兴吗？"

我知道，姥姥每天早上都要到附近的树林子里去，喂那些鸟儿。那些鸟儿，就以唱歌作为对她的感谢。

我来他们家的时候，如果哪天起得早，就会跟姥姥到树林子里去喂鸟儿，我看得出，那些鸟儿特别喜欢姥姥。

是的，我们应该为姥姥高兴，有多少人能像姥姥那样，在一个自己喜欢的时刻，微笑着离开这个世界？

姥姥的墓地就在离他们家不远的,一个小山岗的坡地上,没有多少人埋葬在那里,周围还有很多树,也很安静。

在这样寂静的山林里,不但能听得见鸟儿的歌唱,连山风轻轻的吹拂也能听见,说不定她经常喂的那些鸟儿,会飞到这里来看望她。

虽然姥姥喜欢热闹,不过我想正合姥爷的心愿,他可以经常来看姥姥。

我趴在姥姥的墓碑上,抚摸着墓碑说:"姥姥睡在这里还真不错。"

这个暑假,我经常到姥爷家来,我喜欢这里,虽然这里的生活比我们家简陋,可是没有那么多的"声音"——像奶奶说的那样。

别误会,我这样说,不是不爱我的家了。

有时我问姥爷:"你一个人会不会感到孤独?"

他抚摸着我的头顶说:"詹姆斯,在我们长长的一生中,我们得学会很多东西,包括撑得住孤独。"

"我也要学会撑得住孤独吗?"

想到有那么一天,我身旁什么人也没有了,所有的亲人、朋友都没有了,真的很吓人。

"将来你就知道了,学会撑得住孤独,对你大有好处。"

看起来,妈妈那套理论是得了姥爷的真传。

或许姥爷的回答,没有什么实质性,但是我懂了,也许有那么一天,我真得学会"撑得住孤独",还有别的什么。

有时我也会到树林子里去,替姥姥喂喂那些鸟儿,它们肯定记得那个总来喂它们的老人。有时候,有那么一只鸟儿,还会飞到我的头上,啄一啄我的头发,就像姥姥在抚摸我的头顶……

我也常常躺在他们家廊子前头,那两棵树之间的吊床上。有时还试着吹两下姥姥留下的萨克斯管,如果你会吹小号,吹它也不太难。

更多的时候不是吹它，只是把它抱在怀里，躺在吊床上，任吊床摇摇摆摆。

摇着，摇着，我就睡着了。

突然我就听见了乐声，是姥姥在吹萨克斯管吗？不，可能是风，当风从姥姥的萨克斯管中穿过时，真好像姥姥还在吹奏它。

也许姥姥哪儿也没去，她就待在这支萨克斯管里，当风吹过的时候，正是她和我聊天的时候。

于是我想起姥姥对我说过的许多话，我也对她说了许多我在她活着的时候，没有和她说过的话。我的意思是，我对着姥姥留下的萨克斯管，说了很多她活着的时候，没有和她说过的话。

为什么这些话我没有在她活着的时候对她说呢，太忙？我有什么可忙的？还不是忙着玩儿。

可是姥姥，我不想成为一个画家，我也不想从事我曾对你说过的那许多职业，为此，你还多次调侃过我。

现在我已经知道我要成为怎样的人，我想我会成为一个科学家，并会为这个目的而努力，我不会让自己失望，也不会让你失望。

我躺在吊床上，透过树叶，望着很远的天边，想到未来，心里既有欢喜也有悲伤……

姥姥，最重要的是，我还懂得了什么叫"长大"。

2009.4.20.
Sleepy Hollow